9 capa
da
1ª edição

11 nota
da
editora

15 lista
de
perso
nagens

um
rubi
no
umbigo

17 I
ato

67 II
ato

119 final da
edição
de
2008

125 textos
de
ferreira
gullar
para o
programa
da peça
(1979)

133 *um
rubi
no
umbigo,*
por
hélio
pellegrino

151 a
história
que
inspirou
ferreira
gullar

153 a
montagem
de
1979

157 a
montagem
de
2011

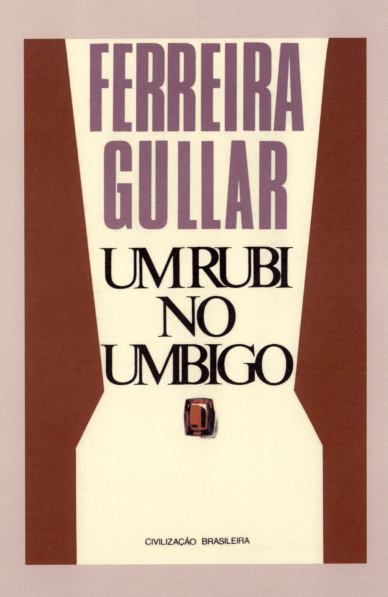

1978
1ª edição, capa de Eugênio Hirsch
Civilização Brasileira

nota
da
editora

Em entrevista de 1979 à *Tribuna da Imprensa*, Ferreira Gullar falou sobre sua primeira peça solo: este livro que você tem agora em mãos. Alguns anos antes, o poeta havia visto uma curiosa notícia de jornal sobre um homem que tinha, justamente, um rubi encravado no umbigo. A partir dessa história insólita, porém verídica, surgiu a inspiração para um enredo que poderia soar fantástico, mas se revela crítico, real e relevante, ainda hoje no século 21.

A peça foi finalizada em 1970, mas, sem condições de montá-la em plena ditadura civil-militar, Gullar esqueceu os manuscritos numa gaveta e logo os deu por perdidos. Apenas em 1974, depois de três anos no exílio – já tendo passado por Moscou, Santiago do Chile, Lima, e àquela altura em Buenos Aires –, encontrou, por sorte, o texto no meio de outras coisas que lhe foram enviadas. O livro foi lançado finalmente em 1978, pela Editora Civilização Brasileira, um ano após seu retorno ao Brasil.

Além do texto original, esta edição reproduz, de maneira fidedigna, as emendas feitas a caneta, de próprio punho, por Ferreira Gullar, em um exemplar da primeira edição. De modo geral, o autor procurou dar um tom mais prosaico, substituindo alguns usos de "tu" por "você" e inserindo expressões de maior impacto cênico ("que louca!", "garotão", "viado!"), além de corrigir erros. A alteração mais radical foi a supressão do final da peça.

Após a primeira encenação da comédia, em 1979, Gullar, que havia participado de todo o processo criativo da montagem, ficou incomodado com o encerramento do texto. Em 2011, contou à *Folha de S.Paulo* que a peça "terminava de uma maneira um tanto macabra. Percebi que estava muito para baixo. Então, resolvi criar uma cena irônica, mas menos macabra, sem mudar o sentido geral da peça".

A versão inédita do final integra esta edição, assim como excertos do programa distribuído ao público na montagem de 1979. Reunimos aqui, então: a capa do programa, assinada pelo cartunista Ziraldo; uma fotografia de Bibi Ferreira, diretora da peça; quatro breves ensaios literários de Ferreira Gullar, que expandem a compreensão sobre o enredo; e o ensaio crítico do psicanalista, poeta e ficcionista Hélio Pellegrino – também publicado na revista *Encontros com a Civilização Brasileira* em março daquele mesmo ano. Apresentamos, além disso, imagens da segunda montagem da peça, realizada por André Paes Leme, em 2011. E também uma matéria do *Jornal do Brasil*, de dezembro de 1966, que documenta a existência do "homem com o rubi no umbigo".

O projeto gráfico do livro, assinado pelo premiado designer Gustavo Piqueira, é inspirado na capa original de Eugênio Hirsch, o lendário diretor de arte da Editora Civilização Brasileira, que revolucionou o design gráfico brasileiro nas décadas de 1960 e 1970.

Ferreira Gullar declarou ao jornal *Extra* em 2011: "A gente só olha para o próprio umbigo. O do outro, só se tiver

um rubi." Esta "comédia de humor selvagem e revoltado" –
como divulgado em anúncio dos anos 1970 –, mesmo depois
de 46 anos de sua publicação, continua coerente em sua
denúncia ao consumismo e à desumanização nas relações.
E, com ela, a Editora José Olympio reforça a atualidade de
Ferreira Gullar e sua importância para a formação crítica
do povo brasileiro.

Editora José Olympio,
maio de 2024

lista de perso nagens

DOCA mãe de Vítor
VÍTOR
NECO amigo de Vítor
EVERALDO pai de Vítor
DIOGO dono do açougue
PACHECO médico
ELVIRA proprietária
REPÓRTER DE TV
CAMERAMAN
POLICIAL

I

ato

Nas páginas 19 a 118 encontram-se reproduzidas, em azul, as emendas feitas de próprio punho por Ferreira Gullar à primeira edição do livro, publicada em 1978 pela Editora Civilização Brasileira.

Sala de apartamento de classe média pobre na Tijuca, Rio de Janeiro. À direita, mesa de jantar, cadeiras. À esquerda, sofá e poltronas de estofo desbotado e uma mesinha de centro. Luz abre sobre a cena que demora vazia como a se deixar "ver". Em voz off, ouve-se uma canção, ~~cantada por uma só voz acompanhada de violão.~~ *Em cena, enquanto se ouve a canção, aparecem Everaldo, pasta na mão, pronto para ir trabalhar, e Doca. Despedem-se, ele sai. Doca volta para dentro. Tempo. Surge Vítor, penteando o cabelo, guarda o pente no bolso de trás da calça, procura a chave da porta, apanha-a de cima da mesinha de centro. Sai para a rua. Luz abaixa em resistência e a canção continua.*

VOZ OFF
Me diga, moço, me diga,
como se aprende a viver.
Me diga, que é pouco o tempo
que eu tenho para aprender.

Me diga, moço, me diga,
que é que eu tenho que fazer

pra não ter medo da vida,
pra não mentir nem correr,
para aprender a cantiga
do mal e do bem-querer.
Pra saber se quem me chama
me chama porque me quer
me chama porque me ama
ou porque quer me perder.

Me diga, moço, me diga,
se acaso o senhor souber,
que devo fazer da vida
pra não matar nem morrer
nesta luta fratricida
nesta batalha perdida
que todos têm que vencer.

Me diga, que é pouco o tempo
que eu tenho para aprender.

Luz sobe de novo. Entra dona Doca, mulher de seus 45 a 48 anos, típica dona de casa tijucana. Traz na mão um retrato ampliado da mãe envidraçado e pretensiosamente emoldurado, de 35 cm por 80 cm mais ou menos.

DOCA

Desaforo daquele galego! Que que ele pensa que é? Dono de açougue? Titica de galinha!... (*Fala para o retrato*) Desculpe, mãe, hoje me atrasei. Não deu pra botar a senhora na sala mais cedo... Português fedido! (*Sobe no sofá para pendurar o retrato na parede e continua falando*) Antes das sete, tenho que tirar de novo a senhora daqui. Como sempre! Mas que posso fazer? Se o Everaldo chega e dá com seu retrato aí é capaz de tirar o sapato do pé e – vump! – quebrar o vidro de novo. (*Enquanto fala desce da poltrona, fica vendo se o retrato está na posição certa. Volta, sobe de novo, corrige. Verifica de novo. Repete isso e vai falando*) Ele é doido! Ou se faz... Mas a gente não pode arriscar, mãe, não há dinheiro. Se ele quebrar o vidro, a senhora vai ter que voltar pra gaveta do armário, Deus sabe até quando... O dinheiro não dá nem pra pagar as contas do açougue e da mercearia. Por que a senhora pensa que aquele portuga de uma figa me faltou com o respeito ainda agora? Mas ele não precisava falar daquele jeito na frente dos empregados. Bem viu que eu estava lá um tempão, esperando os fregueses saírem pra eu poder falar com ele... A gente afinal de contas sempre fica meio acanhada de tocar nesses assuntos. "Chega de conversa fiada", ele gritou, como se eu fosse uma qualquer! Galego fedorento! Queria que o chão se abrisse pra eu sumir por dentro dele naquele instante... (*Começa a limpar os móveis com o avental, melancólica*) Veja, mãe, quando é que a senhora pensou que filha sua fosse passar por isso? Nunca!... Desde que a senhora morreu as coisas só têm piorado. O Everaldo mudou muito. A senhora chamava ele de "macho triste". Precisava ver agora! E mudou, assim!, da noite para o dia. A senhora mal tinha sido enterrada e ele já falava sozinho, na sala, de noite: "Parece um sonho, a perua velha morreu! Agora mando em minha casa!" E fala que fala no rubi, porque o rubi, mas o rubi... Isso ele nunca engoliu. E quem paga é o pobre do Vitinho, que vive apavorado, acorda de noite gritando: "Não tirem o rubi do meu umbigo, vou morrer!" Pro Everaldo, tudo de ruim que acontece é por causa do rubi que a senhora mandou botar no umbigo do Vitinho. É um inferno. Ele decidiu tirar a pedra do umbigo do menino e vender. Não sei o que faça... Mas a senhora também não podia ter tido ideia pior, mamãe! Parece até coisa de maluco: suturar o umbigo de um bebê com um rubi que vale milhões! Bem, ele está aí, vivo, graças a Deus. Mas será que não havia outro jeito de salvá-lo? Nunca vi ninguém que tivesse um rubi no umbigo... É muito esquisito. Dizem que o Roberto Carlos tem o tampo da cabeça de platina, sei lá. E parece que há um americano que tem uma espécie de mola de ouro no... (*Faz com os dedos um gesto que imita o movimento do ânus, mas se repugna*) Pode ser. Preferia que ninguém de minha família tivesse essas coisas no corpo. Complica tudo... O Vitinho é uma pessoa aflita e com razão. Um moço de uma família que vive na necessidade, por mal dizer, e com um rubi caríssimo na barriga!... Olhe, se a gente vai jantar hoje será graças ao seu Marcolino, da mercearia, que é um homem compreensivo. Vou falar com ele... (*Suspira*) É humilhação, é briga... não sei, o Everaldo odeia a senhora e se vinga em mim, e tenho que esconder seu retrato todos os dias antes que ele chegue. Ainda por cima, deu pra beber, grita comigo. Não suporto mais, mãe. Às vezes me dá vontade de enfrentar o Everaldo, mãe, não me dobrar: deixar o retrato na parede pra que ele entre e veja. É isso: o retrato de minha mãe vai ficar aí mesmo, na sala, sim, e ninguém vai tocar um dedo nele! (*Rumor de gente entrando. Doca perde a postura, se apavora e corre para tirar o retrato da parede. Entra Vítor e a surpreende. Ela está em cima do sofá com o retrato nas mãos, meio sem jeito*)

VÍTOR
Tudo bem, mãe?

DOCA
Que que você faz em casa uma hora dessas? Não foi trabalhar de novo? Que que você pensa da vida, Vítor?

VÍTOR
(*Fazendo-se de desentendido*) É o retrato da avó?

DOCA
Não, do avô! Responda ao que lhe perguntei. Por que não foi trabalhar?

VÍTOR

Pera lá, mãe. Que que há!... Faz tempo que eu não via o retrato da avó na parede. A senhora vai botar ele aí de novo?

DOCA

Que que você tem com isso? Se quiser botar, boto. A casa é minha também, ou não é?

VÍTOR

Claro que é, mãe... Só estou falando porque o pai pode chegar aí e tacar o sapato nele. O pai não vai com os cornos da velha.

DOCA

É nesses termos que você se refere a sua avó? Cornos da velha! E ela que ~~sofreu tanto por sua causa...~~ *gostava tanto de você?!...*

VÍTOR

(*Entre carinhoso e brincalhão*) Desculpa, mãe. É só o jeitão de falar. Vocês coroas também não moram no papo da gente... Claro que eu gostava da avó, me lembro sempre dela, sentada aqui na sala... Me lembro das viagens que ela me contava: Roma, Florença, Veneza. Era em Veneza... Ela dizia que um navio entrava pelo meio da rua, como num sonho... Sabe que nunca me esqueci disso. Fico horas imaginando que estou nos lugares por onde ela andou... A avó tinha o burro do dinheiro, não, mãe? Puxa! Poder girar pelo mundo, comer do bom e do melhor, beber vinhos finos, passear despreocupado, gozar a vida! E não ter que dar duro...

DOCA

Ela soube aproveitar...

VÍTOR

Dinheiro, mãe, o quente mesmo é dinheiro!

DOCA

Dinheiro é bom, mas não basta.

VÍTOR

Mas falta, mãe, e quando falta é uma zorra! A gente mesmo está na pior. O pai vive se queixando, dívidas, que o que ele ganha não dá pra nada... (*Pausa*) Sei que ele não vai me deixar em paz enquanto não me arrancar o rubi e...

DOCA

Bom, chega de conversa! Você falou, falou, mas ainda não me respondeu.

VÍTOR

O quê?

DOCA

Por que não foi trabalhar hoje.

VÍTOR

Ele sabe que o rubi está preso com grampos de metal, que é risco de vida. Sabe que eu posso morrer, mas está pouco ligando. Me diga, mãe, que é que ele pensa fazer?

DOCA

(*Nervosa*) Não sei de nada. Seu pai anda adoentado. Não viu ele sair daqui pro hospital há pouco mais de um mês? Pode ter um enfarte a qualquer momento. E ainda as dívidas...

VÍTOR

Ele continua a falar em vender o rubi, mãe? Me conta! Diz se ele não continua...

DOCA

Não me enche, tá? Que inferno! Ele fala às vezes, teu pai fala à toa! Anda nervoso... Seja compreensivo, meu filho. Teu pai vive metido naquele Instituto, anos a fio, perdeu a chefia, intrigas, disputas de lugar... Procura entender, Vitinho.

VÍTOR

Eu sabia! Ele não pensa noutra coisa. (*Põe as mãos no umbigo*) Mas ninguém vai tirar o rubi de mim!

DOCA

Você se preocupa demais, filho... Teu pai precisa é de ajuda, sabe? Você trabalhando, ganhando algum dinheiro, mesmo pouco, a gente vai enfrentando a situação...

VÍTOR

Numa loja de ferragens!...

DOCA

É apenas o começo, filho. As coisas depois melhoram.

VÍTOR

Como melhoraram pra ele, não é? Por que as coisas não melhoraram pra ele, mãe, me diga!

DOCA

Não sei, vá perguntar ao bispo! Não tenho que te dar explicações. Você é que precisa me dizer por que não foi trabalhar.

VÍTOR

Porque não aguento mais! Foi por isso!

DOCA

Assim vais perder o emprego.

VÍTOR

Já perco tarde...

DOCA

Você mesmo está dando argumento ao teu pai. E depois não queres que...

VÍTOR

Que ele me tire o rubi da barriga? Não é? Diga logo, mãe. (*Grave*) Agora a senhora falou claro: ou me enterro na loja de ferragens ou vocês dois me arrancam o rubi na força.

DOCA

Eu não disse isso.

VÍTOR

Será que vocês não entendem que eu não posso passar a vida detrás de um balcão vendendo dobradiças e parafusos?

DOCA

Não é a vida toda, Vitinho...

VÍTOR

Tenho vinte anos, sabe, mãe? Só vinte anos. Os outros rapazes de minha idade estão na praia, enturmados, vivendo a vida. E eu?

DOCA

Você não é o único moço que trabalha. E os outros estudam.

VÍTOR

Não me interessa. Mesmo que fossem todos os moços do mundo. Quero saber eu. É o que me importa... Não há nada a descobrir nas gavetas cheias de ferrugem de uma loja de vender pregos, mãe. Nada! A vida não está lá. Já verifiquei, já mexi e remexi: é só dobradiça e parafuso. Não há nada além disso. (*Pausa*) E ele ainda me bota pra varrer a loja, aquele velho sovina. Tosse o dia todo, agarrado à máquina registradora feito uma aranha usurária... Pra ele não existe a vida: é só parafusos e pregos. Nem isso: pra ele só existe dinheiro, que ele usa pra nada, mãe, só pra fazer mais dinheiro. E sou eu que tenho que ajudar ele nisso... E eu próprio vou me transformando em dinheiro, ali, a cada batida daquela registradora. No fim do dia, sou menos. Saio de lá com todos os dedos, todas as unhas e todos os dentes como entrei de manhã, mas sei que sou menos. Alguma coisa de mim se gastou, alguma coisa que eu não sei o que é...

DOCA
(*Por fora*) Se gastou o quê, meu filho?

VÍTOR
(*Impaciente*) A senhora não está entendendo nada! Eu também não entendo. Tanto faz. Mas entendi uma coisa: ou deixo vocês me tirarem o rubi ou tenho que enterrar minha vida naquele buraco...

DOCA
Chega de falar disparates.

VÍTOR
Por que vocês não procuraram um inimigo, o pior inimigo de vocês pra botar nele esse maldito rubi? Por que logo em mim?

DOCA
Não fala assim, meu filho, compreende; isso foi feito pra te salvar. Tu eras um bebê de oito meses. Minha mãe se desfez de sua joia mais cara, a última joia da família...

VÍTOR

Já estou cansado de ouvir essa história!

DOCA

Vítor, meu filho, a gente te ama. Se fosse preciso a gente teria sacrificado por ti não só esse rubi, mas todas as joias que a família tivesse. Se fosse preciso, a gente enterraria em teu corpo, pulseiras, colares, tudo o que já não temos... armário, cristaleira... (*Pausa*) Vivo muito sozinha dentro desta casa. Outro dia, imagine, chorei vendo um pedaço de papel pendurado de uma janela: o vento batia no papel que ia e voltava roçando a parede, roc, roc... Será que estou ficando maluca? A maior alegria que tenho hoje, sabe qual é? É o trator que trabalha aqui em frente, derrubando casas velhas para abrir a avenida. Gosto de ver aquela máquina, demolindo tudo, virando o mundo pelo avesso! (*Pausa*) Conversa besta! Bem, tenho que ir à mercearia ver se seu Marcolino me vende uma lata de salsicha e outra de ervilha. (*Vai saindo com o retrato*)

VÍTOR

O retrato, mãe.

DOCA

Onde ando com a cabeça... (*Para indecisa sem saber onde põe o retrato*)

VÍTOR

(*Toma-lhe o retrato*) Deixe comigo. (*Encaminha-se para colocá-lo na parede. Doca olha admirada. Vítor sobe no sofá e pendura o retrato. Doca sai nervosamente. Vítor pega o rádio de pilha que está sobre a mesinha de centro. Deita-se no sofá enquanto liga o rádio. Tira de sob a almofada uma revista de mulher nua. Tipo Playboy, e fica vendo enquanto o rádio toca música em voga. Passa ao prefixo musical de um jornal falado*)

RÁDIO

Foram assaltados hoje os seguintes bancos: Banco Mineiro da Produção, Banco Mineiro do Crédito, Banco Mineiro da Mineração, Banco Mineiro da Agricultura, Banco Mineiro do Desconto, Banco Mineiro dos Mineiros e Banco Mineiro dos Mineiros de Minas Gerais. No Banco Mineiro do Desconto, os assaltantes deixaram sobre a mesa do gerente o seguinte bilhete: "Pior que assaltar um banco é fundar um banco." A mensagem trazia a assinatura de um dos assaltantes – possivelmente o chefe deles: Bertolt Brecht. (*Sobe a cortina musical*)

Tempo. Surge por trás de Vítor um homem jovem que se esgueira com um revólver na mão e um lenço no rosto.

NECO

Mãos ao alto e fique quietinho. É um assalto. (*Fala com voz disfarçada*) Vai te levantando daí.

VÍTOR

(*Levanta-se. O outro sempre às costas dele*) Mas... Não tenho dinheiro.

NECO

(*Enérgico*) Passa pra cá a grana toda!

VÍTOR

(*Tirando os trocados da algibeira*) Já lhe disse que não tenho dinheiro.

NECO

Mixaria!

VÍTOR

Só não quero que me machuque.

NECO

Tás querendo muito. Depende de ti, meu anjo...

VÍTOR

Por isso não...

NECO

Então, dá pra cá o rubi!

VÍTOR

(*Pondo a mão instintivamente no umbigo*) Eu!... Não sei de rubi nenhum... (*Volta-se de repente para o assaltante e lhe arranca o lenço da cara. Neco explode numa gargalhada*) Palhaço!

NECO

Você ficou encagaçado, nossa! Que cara frouxo!

VÍTOR

Encagaçado! Eu desconfiei logo que eras tu, cara, tás pensando que eu sou babaca?

NECO

Eu sei!

VÍTOR

Mas é uma brincadeira besta. (*Aponta para o revólver*) Onde arranjaste isso? Cara porra-louca,

NECO

O trabuco? É meu, ué, e há muitos anos. Trouxe quando vim do Coroatá (*Maneja o revólver ameaçador*)

VÍTOR

Para com isso, guarda essa arma. A velha daqui a pouco está voltando. Quer parar com a frescura?... Escuta: a situação está piorando. Vamos ter que agir com rapidez.

NECO

Mais do que você pensa! Já viste o filme do Metro?

VÍTOR

Presta atenção, pô!

NECO

Não estás entendendo...

VÍTOR

Agora tenho certeza. O velho está mesmo disposto a vender o rubi. É ideia fixa dele e vai dar o avanço a qualquer hora. Temos que agir articulados e já. Tu pegas a grana de teu tio, eu faço o que tenho que fazer e a gente se arranca. Trata de saber onde ele guarda a chave do cofre, é o principal.

NECO

Não, o principal é o rubi.

VÍTOR

Deixa comigo.

NECO

É que as coisas podem se precipitar...

VÍTOR

Tá comigo tá com Deus. Não te preocupa.

NECO

Mas se você não encontra o rubi... Onde é que o velho guarda a preciosa pedrinha cor de sangue, hein?

VÍTOR

Faz a tua parte que eu faço a minha e a gente se manda.

NECO

Na mesma hora?

VÍTOR

Claro.

NECO

Pode ser hoje?

VÍTOR

Pode.

NECO

Então, vamos.

VÍTOR

Vamos pra onde?

NECO

Isso é contigo, cara.

VÍTOR

Ai, caceta! Tu só vives brincando, caralho!

NECO

Estou falando sério.

VÍTOR

Primeiro tem que pegar o tutu do titio, entendeu?

NECO

Claro que entendi: primeiro pegar o tutu do titio.

VÍTOR

Certo e...

NECO

Pois é, já peguei.

VÍTOR

Não!

NECO

Já.

VÍTOR

Está aí contigo?

NECO

Está.

VÍTOR

Um milhãozão, dois, três milhãozãos?

NECO

Negócio seguinte... O tio chegou já quase uma hora da tarde num porre de juntar criancinha...

VÍTOR

Quanto, porra?

NECO

Só quinhentos.

VÍTOR

Quinhentos! Essa não!

NECO

Quinhentos mil velhos... Bem, ele chegou de porre...

VÍTOR

De porre está você. Com essa mixaria...

NECO

Era o que ele tinha no bolso, cara!

VÍTOR

E no cofre?

NECO

Espera aí, pô... Fingi que estava dormindo e deixei ele passar pela porta do quarto. Aí me levantei devagarinho... (*Imita o que conta*)

VÍTOR

~~Quinhentos~~ não dá pra porra nenhuma!

NECO

(*Recomeça a imitação do ponto em que se imobilizara*) Tirei o revólver da gaveta, cheguei por trás dele e... "Passa a grana pra cá, velho debochado." No porre que ele estava, pensou que era brincadeira, sei lá, empurrou o revólver. Não esperei mais, dei-lhe uma porrada nos cornos: "Essa é pra você não comer mais a Dolores."

VÍTOR
Que Dolores?

NECO
A babá da vizinha.

VÍTOR
Ah, tá! Não me interessa!

NECO
Um dia, o tio entrou de repente e me encontrou na Dolores. Me deu a maior bronca, lição de moral e não é que uma semana depois dou com o tio Felinto na Dolores?

VÍTOR
Você é um conversa fiada!

NECO
Peguei o dinheiro que ele trazia no bolso, enchi a boca do velhaco de pano e dei no pé...

VÍTOR
Nem mexeu no cofre...

NECO
Mexer mexi, mas não acertei o segredo. Olha, me deu um branco! Foi o nosso azar.

VÍTOR
Nosso uns cambaus! Azar teu.

NECO
O negócio agora é a gente se arrancar antes que a polícia saiba de tudo.

VÍTOR

Deixa de cagaço que teu tio não vai te denunciar.

NECO

Não vai? Tu não manjas aquele usurário.

VÍTOR

Pois então te arranca.

NECO

E tu, cara?

VÍTOR

Eu por quê? Não assaltei ninguém.

NECO

Tás brincando.

VÍTOR

Não estou não.

NECO

Não foi você quem inventou esse plano ou será que foi minha mãe?

VÍTOR

O meu plano era outro. Com quinhentos cruzeiros a gente não chega no Irajá.

NECO

Escuta aqui, cara. Não tira o corpo fora. Foi você quem me meteu nisso.

VÍTOR

Não me lembrava que tu eras um porra-louca.

NECO

É tarde. Não dá pra voltar atrás.

VÍTOR

Pra mim dá.

NECO

E vai me deixar na pior, cara? Está bem... Não sei o que vou fazer. Não tenho a menor ideia, Vítor. Estou numa enrascada. (*Tempo. Silêncio*)

VÍTOR

(*Conciliador*) O problema é que... Não sei como explicar, Neco, sabe, você não pode imaginar o que significa esse plano pra mim... É minha vida, Neco, sabe, é minha vida que pode começar... Não sou de abandonar ninguém na pior, cara, você sabe, muito menos um amigo do peito...

NECO

Vai dar certo, Vítor. A gente se vira. Nós dois juntos vai dar certo, tenho...

Entra dona Doca com uns embrulhos.

DOCA

Lá de fora estava ouvindo vocês discutindo... Estás aí, Neco? Aposto que era futebol. Nunca vi coisa pra dar mais bate-boca, meu Deus. Antigamente, era o Everaldo com o Duca. (*A Neco*) Duca era meu irmão. Um deus nos acuda. Everaldo era Flamengo e o Duca, Fluminense. Dia de Fla-Flu só faltava ficar louca... Duca morreu atropelado na Avenida Brasil, um desastre horrível... Pois bem, Everaldo não queria acompanhar o enterro porque o caixão ia coberto com a bandeira do Fluminense. Mas se era a vontade do morto...

VÍTOR

Mãe...

Enquanto ela fala Vítor ligou o rádio que transmite música baixinho.

DOCA

Ah, é, acho que já tinha contado essa história pro Neco... E seu tio Felinto, como vai? Já casou?

NECO

Acho que não, quer dizer, não, não casou.

DOCA

Homem bom, aquele! O dinheiro que ele nos emprestou, outro dia, foi uma mão na roda... Juros altos! Quem eu nunca mais vi foi sua tia, a irmã do Felinto, a Ângela... Ela saiu da Congregação Mariana? Moça distinta. Onde anda ela agora?

NECO

No hospício.

DOCA

Não! No hospício? (*Com certo prazer*)

NECO

É, cismou que era o Chacrinha.

DOCA

Não me diga!

NECO

Entrou na igreja com uma buzina – fon, fon – e buzinou a missa.

DOCA

Que honra!

E era uma moça tão atenciosa! Tão delicada!... Já viu o trator que trabalha aqui em frente?

VÍTOR

Mãe, eu e o Neco estamos discutindo um assunto...

DOCA

Ah, sim. Tem nada não, meninos. Vou cuidar do jantar. (*A Neco*) Mas o trator aí de frente, como é que vocês dizem, é um barato... (*Sai*)

VÍTOR

Puta que pariu!... Passo meses pensando um jeito de me safar desta merda, bolo um plano, vem você e me caga tudo, cara!

NECO

É... Já vi que sou mesmo azarado.

VÍTOR

Azarado, um cacete! Um porra-louca, isso que você é. Mas claro, um cara que diz ao pai que está estudando e nem sabe onde fica a faculdade! Pega a mesada que o velho manda e gasta no jóquei.

NECO

Gasto, não. Aposto. Às vezes perco, às vezes ganho...

VÍTOR

E o velho lá no mato se matando pro filho ser doutor!

NECO

Não me diz que é por isso que tu vais me jogar às feras...

VÍTOR

E foi logo com um cara desse que eu fui me meter.

NECO

Teu plano realmente era bom: eu assaltava meu tio, tu roubavas o rubi da família... Não tem um marajá nessa história?

VÍTOR

Infelizmente não. Mas tem cana, sabe? Cana firme.

NECO

Agora, falando sério, Vítor. Com o rubi na mão, a gente pode se virar. Eu sozinho é que não dá mesmo, mas...

VÍTOR

Não dá de jeito nenhum.

NECO

Pera lá. A coisa não é assim tão simples, cara. Você me meteu nesse rolo, bati no meu tio, estou com a polícia atrás de mim, e você quer tirar o corpo fora? Não vais tirar não.

VÍTOR

E vou me foder também?

NECO

A gente arrisca. É o jeito.

VÍTOR

Olha Neco: uns têm talento, outros têm pais ricos. Eu só tenho essa bosta deste rubi e isso ninguém vai me tirar.

NECO

Eu sei, cara, mas e eu? Agora a gente tem que...

VÍTOR

Nada de a gente! Não posso fazer nada, entendeu? Te arranca enquanto é tempo.

NECO

Você sabe que eu não tenho pra onde ir.

VÍTOR

Bom. O papo comigo acabou. (*Senta-se, pega a revista*)

NECO

(*Tempo. Saca do revólver*) Não acabou não.

VÍTOR

(*Espantado*) Que é isso?

NECO

Pega o rubi e vamos embora já.

VÍTOR

(*Fechando a revista*) Não vou a parte alguma.

NECO

Então fica, mas passa o rubi pra cá.

VÍTOR

Nunca.

NECO

Olha pra minha cara. Parece que estou de gozação?

VÍTOR

Você não tem coragem, cara.

NECO

(*Engatilha a arma*) Fodido, fodido e meio. Te dou um minuto.

VÍTOR

(*Tempo. Desabotoa a camisa*) Está bem...

NECO

Quê~~ e que tu~~ estás fazendo~~?~~, *cara?*
diabo tu

VÍTOR

(*Mostrando a barriga*) Não queria o rubi? Pois leva!

NECO

Você prendeu
No umbigo?! (*Aproxima-se e tenta arrancá-lo*) ~~Prendeste~~ com araldite.

VÍTOR

Está preso é com garras de metal na minha carne. Corta minha barriga, vamos! Leva ele pingando sangue!

NECO

Sem essa de Vicente Celestino, cara...

VÍTOR

Vamos, tira o rubi!

NECO

Tenho que pensar, bicho, me dá um tempo... (*Cruza os braços*) Com essa eu não contava. (*Pensa alto*) Se eu matar o ~~bichano~~, não vou ter tempo de... Que situação você arranjou, hein, cara? E depois o enrolado sou eu!... Muito vivo!... É, mas tenho uma solução. ~~Vais~~ comigo. Ou vais ou te denuncio.

A babaca   *Você vai*

Gostou? Conto todo o plano a teu pai. Sai dessa agora... (*Aponta o revólver de novo*) Como é, vai comigo ou não?

Neco está de costas para a porta de entrada quando entra Everaldo, uma pasta volumosa na mão, alguns chopes na cuca e falando sozinho. É um homem de seus 55 anos, ar fatigado, roupa mal cuidada. Neco não se dá conta logo da presença dele. Ao ouvi-lo falar, tenta esconder o revólver que Everaldo já tinha percebido.

EVERALDO

Banco Mineiro dos Mineiros, vence dia 8... Banco do Crédito Mineiro, dia... (*Aos dois*) Brincando de bandido e mocinho? Acho que já estão grandes demais para isso. (*Avança, toma o revólver de Neco*) Ninguém se mexa, isto é um assalto! Ah, passem pra cá o rubi! Bolas, não é isso! O dinheiro, passem pra cá todo o dinheiro do caixa, e também os títulos que estão no nome aqui do papai e... Todos para o banheiro... (*Desfaz a cena*) Não dou pra assaltante, o que é uma pena... Esse pessoal novo que está assaltando banco tem feito uma boa féria: milhões e milhões... Sabem duma coisa? Acho que não há ninguém que nunca tenha pensado em assaltar um banco. (*Percebe o retrato de dona Marieta na parede. A Vítor*) Tua avó Marieta devia sonhar com isso. ~~Dúvidas?~~ (*Visionário*) Pacotes e pacotes de cédulas novinhas, amontoadas no cofre, no silêncio do cofre trancado com fechaduras e segredos profundos... São maços de papel, mas carregados de uma força capaz de mover montanhas – feito energia nuclear... Aquilo é o trabalho de milhões de pessoas, trabalho que se concentrou e virou papel pra gente poder carregar, guardar, e que depois vira trabalho de novo. Não é uma maravilha? E se a gente queima a grana, liberta a energia que está acumulada ali.

¡ Você duvida ?

É como se os bobocas que trabalharam para criar o dinheiro voltassem a trabalhar outra vez, agora para nós que temos a grana, que a roubamos, que temos agora o mundo em nossas mãos... (*Ri*) Que maravilha, hein, garotões? (*Eufórico*) Dinheiro, miraculosa invenção do engenho humano, maravilha das maravilhas, força que move o sol e as demais estrelas... Bonito, não? Isso é Camões! Ou é Dante?... Caguei! (*Devolve o revólver a Neco, que o guarda*) É um revólver de verdade? (*Põe a pasta na cadeira, tira o paletó e senta-se como se desabasse*) Doca!

DOCA
(*Fora de cena*) Já vou, benzinho.

EVERALDO
(*Aos dois rapazes*) Não se casem nunca... É a maior besteira que um homem pode cometer na vida.

Doca entra com a toalha para começar a pôr a mesa. Lembra do retrato da mãe na parede e fica nervosa, olhando disfarçadamente para o retrato e para Vítor.

DOCA
Tudo bem, Evê?

EVERALDO
Claro, tudo ótimo! E o portuga?

DOCA
(*Contrariada*) O quê?

EVERALDO
Estás ruinzinha hoje, hein? O dono do açougue, o Diogo, continua bronqueando por causa do fiado ou fiou?

DOCA

Depois falamos nisso. (*Vai saindo. Ele a detém*)

EVERALDO

Quero saber se ele vendeu o bife pro jantar. O resto não me diz respeito. (*Ri*)

DOCA

Pode deixar, Everaldo... Arranjei tudo...

EVERALDO

Você é um anjo, Doca! Então podemos convidar o Neco pra jantar conosco.

NECO

Não, seu Everaldo, estou de saída. Vítor e eu vamos dar um pulo lá embaixo. Vamos, Vítor.

VÍTOR

Não, pode deixar. Desço mais tarde.

NECO

Então, está bem. Vamos terminar nosso papo lá dentro. (*Olha intencional para Vítor que vacila, mas se submete*) Dá licença, seu Everaldo? (*Saem os dois*)

EVERALDO

Que estão tramando esses dois?

DOCA

(*Que acaba de voltar à cena com pratos e talheres*) Não fale essas coisas em frente de estranhos.

EVERALDO

Ué, que coisas?

DOCA

Já basta a vergonha que tenho passado no açougue, na mercearia. Ninguém mais precisa ficar sabendo que não pagamos o açougueiro, se...

EVERALDO

Sutilezas... Está bem, mas tanto faz... Tanto faz!

DOCA

Não quer tomar um banho antes do jantar? Estás muito suado, Evê.

EVERALDO

Está me achando sujo, é? Pois quero ficar assim mesmo, imundo, pegajoso... (*Tempo*) Desculpa, Doca. Olha, gosto muito de vocês dois, sabe, de você e do Vitinho.

DOCA

Eu sei, Evê, claro que eu sei... Mas você parece nervoso, aconteceu alguma coisa na repartição?

EVERALDO

Ah, meu saco! Pra eu dizer que gosto de vocês é preciso ter havido alguma coisa na repartição?

DOCA

Não é nada disso, Everaldo. Você também! Estou preocupada, é só isso... Saiu o pagamento?

EVERALDO

(*Pondo sobre a mesa um bolo de notas amarfanhadas que tirou do bolso*) É o que escapou das unhas dos agiotas...

DOCA

(*Após contar o dinheiro*) Como vamos pagar o aluguel, a mercearia, o açougue, a farmácia? O galego, esse tal de Diogo...

EVERALDO

Isso pergunto eu: como vamos pagar o açougue, a mercearia, o aluguel?... Sim, e o médico? E a farmácia? E os bancos? E você ainda me internou numa clínica particular!...

DOCA

Por falar no aluguel, dona Elvira esteve hoje aqui. Disse que não espera mais. Só volta com a ordem de despejo.

EVERALDO

Despejo! É papo furado dessa baleia!

DOCA

Mas, Evê, se a gente não pagar o aluguel... Ela disse...

EVERALDO

Que me importa o que ela disse!

DOCA

Disse que faz cinco meses que a gente não paga e...

EVERALDO

É uma vigarista! Que cinco meses que nada! Não faz nem quatro!

DOCA

Tenho medo, Everaldo. Se nos expulsarem da casa...

EVERALDO

E o salário do Vítor? O salário dele pode ajudar. Não resolve, mas ajuda. Decretei estado de calamidade pública nesta casa!

DOCA

O salário do Vítor!...

EVERALDO

E por que não? Será que também no salário é proibido tocar? É sagrado também? (*Pausa*) É, não dá pé mesmo não...

DOCA

(*Apreensiva*) Houve alguma coisa, sim. Não queres me contar, mas houve. Não me contas e eu fico ainda mais nervosa.

EVERALDO

Que coisa? Queres me dizer? Não basta o que estás vendo, o que já sabes? Trezentos agiotas me tomam o salário, Demerval me engana, dá a chefia ao Marroquim, me deixa na mão. "Houve alguma coisa, Evê." Claro que houve. Mas ainda é pouco o que já houve? Queres mais coisas?! (*Pausa*) Desculpa, Doca... Bebi hoje de novo... Já tinhas percebido, claro...

DOCA

Tem coragem, Evê, coragem.

EVERALDO

Claro, coragem... Tens razão. Precisamos ter coragem, eu e você... É desagradável, minha velha, mas não há outra saída. Temos que convencer o Vitinho.

DOCA

Não, isso não!

EVERALDO

Não, o quê? Nem falei nada.

DOCA

Sei bem o que ia dizer. Não podemos, Everaldo. Tira isso da cabeça, pelo amor de Deus!

EVERALDO

Doca, sabes eu já tentei tudo. Entrego os pontos. Não tenho mais nem palpite pra jogo do bicho. Só nos resta uma solução: o rubi. É desagradável, mas...

DOCA

(*Firme*) Não vou matar meu filho.

EVERALDO

Não fica nervosa, nega. Falei com o médico, expliquei tudo e ele me garantiu que é uma barbada, não há risco nenhum. Hoje, com os antibióticos, essa operação é sopa...

DOCA

Que médico, Evê? O Dr. Torquato, aquele do Instituto?

EVERALDO

E que que tem?

DOCA

Não sabe operar nem um joanete. Quase me aleija.

EVERALDO

Perfeito... Então, qual é a saída? Que que tu sugere? Desde que perdi a chefia, o dinheiro não chega pra nada. O enfarte terminou de nos afundar. Recorri aos amigos, depois aos bancos, depois aos agiotas, jogo do bicho, loteria esportiva, terreiro de macumba. Não deu. O apartamento atrasado no aluguel, a mercearia, o açougue, a Ducal, o Ponto Frio... Essa é a situação. Uma bosta redonda, re-don-da! Penso no rubi e tu dizes não. Está bem, concordo. Mas que saída sugeres?

DOCA
Eu? Eu... Não sei.

EVERALDO
Cruzar os braços?

DOCA
Não sei, Evê, já disse que não sei.

EVERALDO
Escuta aqui, Doca. Você mesma disse que a gente precisa ter coragem. Esquece um instante que o rubi está no umbigo do Vitinho. Faz de conta que ele está numa gaveta, num porta-joias...

DOCA
Mas não está, Evê!

EVERALDO
Quer escutar um minuto? Pois bem. A gente vai, abre a gaveta, tira o rubi e vende. São setenta mil cruzeiros na mão!

DOCA
Não vale tudo isso não, Evê!

EVERALDO
Vale até mais. (*Pronuncia mal*) *Sang de pigeon*! Não é assim que se diz?

DOCA
(*Caprichando no francês*) *Sang de pigeon*.

EVERALDO

Estive me informando. É um rubi raríssimo, dos mais caros do mundo. A menos que fosse bafo de dona Marieta...

DOCA

Isso nunca! Minha mãe seria incapaz de...

EVERALDO

Para e pensa, Doquinha. Setenta mil. A gente paga tudo, compra outra televisão... Acha que não sofro sabendo que você não pode mais acompanhar a novela das oito? A gente compra roupas novas pro Vitinho, vestidos pra você. E as tortas geniais, aquele queijo suíço que a gente nunca mais comeu... Vai mudar tudo, Doca, tudo. O resto do dinheiro mando o Jorge investir na Bolsa, ele entende do troço. Dentro de um ano, podemos viajar, podemos ir a Buenos Aires, até mesmo à Europa...

DOCA

Não dá, Everaldo. ~~Tem agora um tal depósito...~~

EVERALDO

Esquece o depósito... Veneza, Paris... Tiro licença-prêmio e a gente vai... Sem cobrador na porta. Flores, pombos... (*Toca a campainha. Os dois voltam à realidade*) Diz que eu ainda não cheguei.

DOCA

Não tenho cara, Everaldo!

EVERALDO

Vai.

DOCA

(*Vai até a porta. Tempo. Volta*) Era um vendedor de livros. (*Everaldo respira aliviado*) Vou servir o jantar.

EVERALDO

Espera um pouco... Entendeu agora, minha velha? Se você falar com o Vitinho, ele também vai entender.

DOCA

Eu! Não, não posso, Everaldo. Está acima das minhas forças. Vamos pensar noutra solução, um emprego pra mim... Qualquer coisa, menos isso, Everaldo, te peço.

EVERALDO

(*Esmurra a mesa*) Quem devia estar aqui pra resolver isso era aquela perua velha!

DOCA

(*Em pânico*) Ah, meu Deus, vai começar tudo de novo!

EVERALDO

Claro. Ela teve uma vida de princesa. Casou com homem rico, passou a vida viajando, gozou do bom e do melhor. Nem te levou nas viagens. Depois que o marido morreu, foi vendendo as coisas: a casa no Grajaú, o terreno na Gávea, as joias. Quando torrou tudo em novas viagens, campanhas de benemerência e chás com as amigas, veio morar às minhas custas.

DOCA

Ela ajudava, Evê.

EVERALDO

Não se lembrou de deixar nada pra você, a única filha dela. E ainda pegou a joia que restava e meteu no umbigo do Vitinho. Feito isso, morreu em paz... E ficou o besta aqui pra aguentar a parada sozinho.

DOCA

Que que você queria que ela fizesse? Deixasse o menino morrer?

EVERALDO

Que morrer nada! Aquilo tudo foi uma farsa. Pensa que algum dia confiei naquele tal de doutor Macarrão?

DOCA

Doutor Macarnón. Era espanhol.

EVERALDO

Espanhol uma ova! Charlatão! Diziam até que era bicha... E vai ver que nem botou rubi nenhum no umbigo do menino. Pôs uma pedra falsa e guardou o rubi. Não pode? Estava interessado demais: "esse umbigo só vai sarar se tomarmos providências excepcionais". Antibióticos? Nada disso. (*Arremeda*) "Esses remédios modernos son un peligro para los recém-nascidos."

DOCA

Ainda não existia penicilina, Everaldo.

EVERALDO

Como não existia? Como é que tu pensas que curei minha blenorragia?

DOCA

Everaldo?!

EVERALDO

Eu era solteiro... (*Pausa*) Vigarista!... Dona Marieta podia ter dito: não, o rubi não. Mas adorou a ideia. Era sua grande vingança contra mim.

DOCA

Que absurdo!

EVERALDO

Uma jogada maquiavélica. Para que o rubi não viesse cair nas minhas mãos, ela o enterrou para sempre no umbigo de meu próprio filho. E agora eu é que passo por desumano desalmado. E na merda, na merda como estou! (*Começa a tirar o sapato*) Velha bandida, velha filha de uma puta! (*Joga o sapato contra o retrato, mas erra. Doca faz um ahn de susto*)

DOCA

Chega Everaldo, chega! Você sempre odiou minha mãe, nunca suportou nossa família. Mas agora chega! Não tenho culpa se você nasceu em Madureira.

EVERALDO

(*Ferido*) Com muita honra... Mas agora estamos no mesmo barco, dona Eduarda. Você com sua ascendência nobre, de nobreza do Grajaú, e eu, filho de um contínuo do MEC. As dívidas são minhas, mas o dinheiro foi gasto aqui nesta casa...

DOCA

Uma parte; a outra parte nas corridas do jóquei...

EVERALDO

...Se afundo de uma vez, você afunda comigo. Se amanhã formos despejados, não vamos morar em Madureira, não: vamos morar na favela do Para Pedro ou num desses pombais do BNH... E você vai ter de ir comigo, dona Eduarda Mendonça ~~Campos~~ de Menezes Canabrava. É, vai comigo pra lá. Ou não vai? (*Pausa*) A solução é o rubi, mas está na barriga do Vitinho, o não-me-toques. Eu, que sou um monstro, quero vender o rubi para salvar a família. Você, boazinha como é, não quer.

Mas o problema não é só meu, dona Eduarda: é *nosso*. Quero vender o rubi para resolver *nosso* problema. E você adoraria que eu resolvesse tudo sozinho sem você ter de sujar as mãos. No fundo é isso.

DOCA

Deus te perdoe!

EVERALDO

Quem se esconde dos agiotas e dos credores sou eu. Quem se humilha nos bancos sou eu...

DOCA

E quem se humilha no açougue? E na quitanda?

EVERALDO

Ora açougue! Quer comparar humilhação de açougue com humilhação de banco?... Quem arrisca a vida do próprio filho sou eu, o desalmado. Você manterá as mãos limpas, a alma virtuosa, até que tudo se resolva... Mas não vai ser assim não. Desta vez, não vai ser assim, dona Eduarda ~~Campos~~ *Mendonça* de Menezes Canabrava. Chama aí o Vítor e vamos *nós dois* dizer a ele que é necessário vender o rubi, que *nós dois* queremos vender o rubi.

Doca está perplexa. Explode num soluço. Vítor surge lá de dentro.

VÍTOR

Que está acontecendo? Mãe, que que houve?

Doca esconde o rosto no avental, enquanto Everaldo a segura tentando descobrir-lhe o rosto. Ela se solta e escapa em direção à cozinha.

EVERALDO

(*A Vítor*) Precisamos ter uma conversa a sério. Senta aí. (*Vítor vacila. Senta de má vontade*)

EVERALDO

Vitinho... Sou seu pai...

VÍTOR

Ah, é?

EVERALDO

(*Engolindo em seco*) ... E tudo o que faço é pra seu bem.

VÍTOR

E vá alguém supor o contrário!

EVERALDO

Estamos atravessando uma situação difícil, muito difícil. Você sabe. É a padaria, a mercearia, o açougue... Estou esmagado pelas dívidas. O aluguel atrasado, agiotas, bancos. Você sabe... Mas agora chegamos ao ponto de estrangulamento. Já não tenho a quem pedir emprestado e nem como pagar o que já devo. Vamos ser forçados a soluções extremas.

VÍTOR

Estou sacando...

EVERALDO

A primeira delas é a seguinte: deves entregar teu salário todo a tua mãe... Quanto deves receber este mês?

VÍTOR

Não sei.

EVERALDO

Quero que compreendas, Vítor, a situação é séria, temos de saber com quanto dinheiro contamos.

VÍTOR

Não sei, já disse. Não quero saber daquela droga.

EVERALDO

O salário é mil e quinhentos, não é isso? Menos os descontos, INPS... Vamos dizer que sobre mil e trezentos...

VÍTOR

Não vai sobrar isso não. Tenho faltas.

EVERALDO

Faltas?

VÍTOR

Sim, faltas! Faz vários dias que não apareço lá.

EVERALDO

(*A Doca fora de cena*) Não estou sabendo disso, Doca! Vítor não tem ido trabalhar! (*A Vítor*) Por que não tem ido trabalhar?

VÍTOR

Porque não aguento.

EVERALDO

Andas doente...?

VÍTOR

Não.

EVERALDO

Não aguentas o serviço, é isso?

VÍTOR

É.

EVERALDO

Mas o serviço é leve, atender no balcão.

VÍTOR

É, atender no balcão...

EVERALDO

E por que não aguenta?

VÍTOR

Porque é chato, porque não tem sentido, porque recebo uma miséria!

EVERALDO

Chato é o meu trabalho também e estou aguentando há 27 anos, aliás, 28 anos.

VÍTOR

Você tem saco.

EVERALDO

(*Levanta-se irritado*) Ah, eu tenho saco, não é?! E quem ia sustentar a casa se eu não tivesse saco? Quem ia comprar comida, roupa, sapatos e calças *blue jeans* pra você? Dinheiro pro cinema? Quem?!

VÍTOR

Não precisa jogar na minha cara, não precisa me humilhar!

EVERALDO

Humilhar! Tudo pra você é humilhação! Trabalhar na loja também é humilhação. Por que não vai ser deputado? Diplomata? Estudar você não quis. Também não tinha saco, não foi?

VÍTOR

E vaga? É fácil vaga?

EVERALDO

Conversa, rapaz... Você levou seis meses procurando emprego, o emprego ideal, claro. Não achou. Falei com seu Elpídeo, arranjei o emprego na loja e você agora... acha chato! Que que você pensa da vida? Me diz, Vítor?

VÍTOR

Penso que a vida é bacana, e não vou me enterrar vivo numa loja de ferragens!

EVERALDO

Deixa de drama, garotão! Não pensa que eu vou ficar dando duro, me matando para *você* passar os dias coçando o saco, de pernas pro ar (*pega a revista de cima da poltrona*), lendo essas merdas. (*Abre ao acaso*) É isso? É essa a ocupação de tua vida? (*Repara na revista*) Mas vem cá, revista de sacanagem?! (*Grita para Doca, fora de cena*) Doca, já viu as revistas que teu filho anda lendo? (*A Vítor*) Não tens vergonha?

VÍTOR

É uma revista como outra qualquer.

EVERALDO

Escuta: quando *tiver* tua casa, leva pra lá revistas desse tipo. Na minha, não! Esta casa se respeita, ouviu? É casa de pobre, mas pobre de respeito! (*Folheia a revista com algum interesse, mas dissimulado, depois joga-a longe*) Bundas,

bundas, bundas... É o mangue, isto aqui virou o mangue! E esse depravado ainda me vem dizer que não aguenta o trabalho. Desaforo... Mas ~~saibas~~ que não nasceste rico, deste azar de nascer nesta família, de ter como avó dona Marieta Mendonça de Menezes, que cagou em cima de nós todos e ainda pegou a única joia da família, que restava e... (*Pausa*)

VÍTOR
Bem, chegamos ao tema central.

EVERALDO
E chegamos mesmo! Vamos ter de vender o rubi!

VÍTOR
Todo esse falatório era só pra isso. Estou entendendo.

EVERALDO
Entende como quiseres. Cansei de puxar o carro sozinho. Não tenho mais forças. Você vai ter que fazer um sacrificiozinho. Também.

VÍTOR
Sei, deixar que me matem.

EVERALDO
Essa história não pega mais, garotão. Não há perigo nenhum. Falei com o médico, expliquei o caso todo. Para isso existem hoje os antibióticos.

VÍTOR
Você está pouco ligando se eu morro. Você me odeia!

EVERALDO
Sou um desalmado, não é isso? Um tarado, um monstro. "*Pai mata filho para vender rubi*", manchete da *Luta Democrática*!

Essa história cheira mesmo a notícia da *Luta*: uma família na miséria e o filho com um rubi no umbigo... Só mesmo na família de dona Marieta. Isso não é história da *Luta*, não. Isso é novela de televisão e da antiga! Se não estivesse acontecendo comigo não acreditava. E eu, nessa novela, sou o pai vilão que deseja a todo custo arrancar da barriga do filho o rubi oriental... A piada de dona Marieta virou drama, um dramalhão!...

VÍTOR
Você pode falar o que quiser. Defendo minha vida.

EVERALDO
Tens razão. Cada um por si, e salve-se quem puder... Eu é que não posso mais me salvar... Estou velho, acabarei meus dias na cadeia, quem sabe, ou me mato...

VÍTOR
Sim, agora é notícia da *Luta* ou do *Dia*!

EVERALDO
Exatamente. (*Muda de tom*) "Antigo funcionário dá desfalque e se mata."

VÍTOR
Que que é isso?

EVERALDO
É isso mesmo, desfalque. (*Confidente*) Não conta nada a tua mãe. Me meti num cipoal, Vitinho, e não consigo me safar. Pensava em repor o dinheiro, mas não pude, não deu certo. A qualquer hora... Sei lá!... São 28 anos de serviço, os amigos, a vergonha... Não vou aguentar, meu filho. Me mato!

VÍTOR

(*Segura o pai pelos ombros, solidário*) Pera aí, pai! A gente tem que dar um jeito nisso... Puxa, pra que você deu uma errada dessas? Mexer logo em dinheiro do governo!

EVERALDO

Foi uma loucura, sei... Me ajuda, Vito, te peço.

VÍTOR

É... que jeito! (*Coça a cabeça. Pensa*) Você inventou isso agora mesmo pra me dobrar. É tudo mentira, não caio nessa.

EVERALDO

Acredita em mim, Vítor!

VÍTOR

Não, não acredito. Você não trabalha mais na tesouraria, não lida com dinheiro. Não deu desfalque nenhum.

EVERALDO

(*Balança a cabeça desesperado*) Sou o encarregado das compras de material, foi o dinheiro das compras...

VÍTOR

Papo furado! Chantagem comigo não cola. É minha vida contra a sua. Você quer tirar de mim a única coisa que pode me salvar.

EVERALDO

E pensar que gerei semelhante monstro!

VÍTOR

E pensar que sou filho de um...

EVERALDO

De um ladrão, pode dizer. Não te acanha: ladrão! Não era isso que ia dizer?

VÍTOR

Era isso mesmo!

EVERALDO

(*Dá-lhe um tapa*) Viado! Monstro!

VÍTOR

(*Crispado*) Vou deixar este inferno agora mesmo! (*Encaminha-se para a porta da rua*)

EVERALDO

Isso é que não. (*Agarra-o, atracam-se. Entra Doca*)

DOCA

Não briguem! Meu Deus! Vítor, Everaldo, parem, parem! (*Tenta separá-los*)

VÍTOR

Me larga, seu porco! (*Solta-se e empurra o pai que vai cair contra a mesa de jantar. Segura a faca de ponta. Entra Neco*)

EVERALDO

Vou te arrancar esta merda da barriga é agora! (*Neco joga o revólver para Vítor. Doca se coloca entre pai e filho. Everaldo a empurra e avança sobre Vítor*)

VÍTOR

(*Apontando-lhe a arma*) Pare, senão atiro. (*A Neco*) Vamos embora.

Everaldo se joga sobre Vítor. O revólver dispara. Everaldo cai. Ferido.

VÍTOR

(*Tenta ampará-lo*) Papai! Desculpa, velho, desculpe. Não foi por querer.

DOCA

(*Joga-se sobre o marido*) Everaldo, benzinho! Everaldo, fala Evê, pelo amor de Deus, me responde!

Vítor se aproxima atônito. Toma o pulso do pai.

VÍTOR

Ele está morto.

NECO

Vamos cair fora, Vítor.

VÍTOR

Me larga! (*Desvairado*) Que que eu fui fazer, meu Deus!

NECO

A polícia vem aí. É flagrante. Vamos. Depois a gente vê.

Vítor se dá conta da situação. Caminha para a porta. Doca se levanta.

DOCA

Não me abandona, Vítor. Não me deixa sozinha!

VÍTOR

Tenho que fugir, mãe. A polícia vem aí.

DOCA

Vou ficar só no mundo, meu filho. Não sei o que ~~faça~~... (*Vítor continua a andar na direção da porta*) Espera, filho, Vitinho, não tenho mais ninguém no mundo! (*Agarra-se a Vítor*) Não me abandona, meu filho!

VÍTOR

Eu volto, mãe, depois eu volto. (*Solta-se dela*)

DOCA

Não, filho, não! (*Agarra-se de novo a ele*)

VÍTOR

(*Soltando-se*) Tenho que ir. (*Sai com Neco*)

DOCA

Não, pelo amor de Deus! (*Cai. Esconde o rosto nas mãos, soluça. Tempo. Levanta-se de repente. Olha em volta desvairada. Não sabe o que fazer. Corre para a frente do palco. Fala para si mesma*) O rubi era meu, era de minha mãe. (*Ao retrato*) ~~Levaram~~ o nosso rubi, mãe. (*Grita*) Polícia, ladrão! Pega ladrão!

Fim do primeiro ato

Ele está levando o nosso rubi, mãe!
Ele está roubando o nosso rubi!

II

ato

*Blackout. Luz súbita mostra o mesmo cenário do I Ato. Eve-
raldo, sentado numa espreguiçadeira, com o braço esquerdo
coberto de ataduras e amarrado ao peito. Vários dias decor-
ridos do incidente. Ele lê um jornal como à procura de deter-
minada notícia.*

EVERALDO

(*Interrompendo a leitura*) Ele sumiu mesmo!... As coisas
não têm lógica... Que mundo, meu Deus! Tenho um filho,
crio ele, era meu orgulho, minha esperança. E acaba tudo
assim. Que lógica tem isso? Dizer que eu não gostava dele,
isso ninguém pode dizer. E ele, não gostava de mim? Gostava sim. Depois é que tudo desandou. Mas naquela hora,
eu com a faca, ele com o revólver, éramos só fúria, eu e ele.
Agora, como pode acontecer um troço desse não entendo.
A vida ~~humana~~ não tem lógica nenhuma...

Entra Doca espavorida.

DOCA

Everaldo, achei o Vitinho! Ele e o Neco, os dois!

EVERALDO

Achou? Onde?

DOCA

Saíram correndo... Não sei se me viram. Dobraram por uma esquina e...

EVERALDO

Será que eram eles mesmo?

DOCA

Tenho certeza. Calças *blue jeans,* camisa amarela. Era o Vítor. Ainda pensei em gritar: Vítor, o Evê não morreu!, mas não deu tempo.

EVERALDO

É, vamos ter que recorrer à polícia. É o jeito.

DOCA

Não, polícia, não. Tenho medo.

EVERALDO

Então!... Ainda se eu estivesse com saúde...

DOCA

Agora pelo menos a gente sabe que ele está vivo. Eu tinha certeza que terminava achando meu filho. Foram dias terríveis que passei, andando sem rumo, rua pra cá, rua pra lá, um labirinto sem fim. Onde podia estar meu filho, meu Deus? Vou por aqui? Por ali? Se vou nesta direção posso estar me afastando dele; se vou na outra, também... Ah, como a cidade é enorme quando a gente procura um filho que se perdeu!

EVERALDO

Falaste com o Manduca e o Felinto?

DOCA

Como? Não está vendo que eu voltei pra te dar a notícia dos meninos? Vou agora. (*Vai saindo*)

EVERALDO

Espera aí. Foi até bom você voltar. Queria te dar mais algumas dicas pra quando falares com os caras. Olha: diz que a gente tem um atrasado pra receber, que a dificuldade é de momento.

DOCA

Que atrasado?

EVERALDO

Não entende? Se você chega pro agiota e dizes que estás na pior, morrendo de fome, desesperada, ele não te empresta um tostão...

DOCA

Então é um desalmado! Prefiro não me meter com essa gente!

EVERALDO

O cara está negociando, não é Serviço de Beneficência, nem Santa Casa de Misericórdia. O banqueiro, o agiota, o sujeito que negocia com dinheiro, empresta pra receber o dele de volta e mais um tanto, entendeu? Agora, se ele percebe que tua situação é tão ruim que não vais poder pagar nem que queiras, ele se encolhe e tu voltas de mãos abanando... Escuta: diz que o banco mandou o saldo errado e a gente, fiando nisso, gastou mais do que devia. Por isso, a coisa encrencou. Mas, dentro de uns dez dias, no máximo, vamos receber uns atrasados no Instituto e mais uma dívida que a tia...

DOCA

Como é que você consegue inventar tanta mentira assim de repente, Evê?

EVERALDO

Deixa de ser palerma, mulher! Que diabo! Não estás entendendo nada...

DOCA

Estou sim.

EVERALDO

Então, vai. Olha: a gente precisa desse dinheiro. Aceita o juro que for. Se ele cobrar 100 por cento ao minuto, aceita.

DOCA

Pode deixar, Evê. Até logo. (*Vai saindo, volta*) Onde ando com a cabeça! O porteiro me entregou esta carta. (*Everaldo abre o envelope, passa os olhos na carta. Fica preocupado*) Que foi, Evê?

EVERALDO

(*Dobrando a carta*) Nada não. Vai logo, vai.

DOCA

(*Dando de ombros*) Está bem. Até. (*Sai*)

EVERALDO

(*Espera um tempo. Abre a carta e lê em voz alta*) "... é desagradável para mim ter que lhe dizer isso, mas a sua prestação de contas apresenta uma diferença inexplicável de mais de quinze mil cruzeiros, sem comprovantes. Precisamente, a diferença a descoberto é de quinze mil, duzentos e dezesseis cruzeiros..." (*Pausa*) "... na minha qualidade de chefe de seção, estou obrigado a comunicar o fato à direção do Instituto, sob pena de arcar com a responsabilidade do desfalque ou ser apontado como conivente. Não farei isso imediatamente, pois disponho ainda de alguns dias. Como seu amigo que sou... (*Respira fundo*) ... manterei tudo em segredo, desde que você cubra a diferença até sexta-feira, no máximo..." (*Dobra a carta. Fica um tempo com a mão sobre os olhos, arrasado. Levanta-se com dificuldade, vai até a janela, abre-a, ouve o rumor do trator trabalhando na rua. Tempo. Volta até a mesa, liga o rádio de pilha*)

RÁDIO

"Foram assaltados hoje os seguintes bancos: Banco Mineiro da..." (*Desliga com enfado. Vai até o retrato de dona Marieta*)

EVERALDO

Ladrão... Eu sou ladrão? Se eu tirei o dinheiro, sabe de quem é a culpa? É tua, perua velha! A culpa é tua, sim!... Ladrão... Se eu tivesse metido a mão no dinheiro pra sustentar uma amante, comprar um carro, vá lá. Mas minha família ia ficar com fome. Foi pra pagar agiota, título no banco, farmácia... Dinheiro pra continuar vivo e poder trabalhar... Quem é que pode sustentar família ganhando o salário de fome que eu ganho? Só o aluguel do apartamento... Apostei no jóquei? Apostei, mas pra quê? Pra ver se melhorava de vida, um pouquinho que fosse. Há outro jeito de melhorar? Me diga! Ou vou assaltar banco? Não fiz nada disso, não roubei. Tomei um empréstimo. Escondido, claro, mas se eu ia repor o dinheiro, não é roubo... No entanto, até meu filho... Perdoo o tiro que ele me deu, mas me chamar de ladrão, isso não perdoo... (*Vai até a janela. Tempo. Começa a fechá-la. Surge Neco pela porta de saída do apartamento. Espia. Faz cara de surpresa, chama Vítor com a mão. Aparece Vítor, que entra seguido de Neco*)

VÍTOR

Pai!

EVERALDO

(*Voltando-se*) Meu filho! (*Abraçam-se. Ficam em seguida embaraçados*) Senta aí.

VÍTOR

Você está bem, pai?

EVERALDO

Sim, estou bem, meu filho. Ah, meu querido! (*Abraça de novo o filho*)

Aproxima-se Neco sorrindo meio sem jeito.

NECO

Alô, seu Everaldo.

EVERALDO

(*Faz cara séria, depois sorri*) Alô... seu peralta!

NECO

Quase que a gente mandava o senhor pras picas, hein!

EVERALDO

(*Engolindo em seco*) É verdade...

NECO

A culpa foi do ~~menino~~ garotão aí, que não tem boa pontaria. (*Ri*)

VÍTOR

Te manca, oh cara, tá?... Desculpa, pai, pegou onde?

EVERALDO

No braço e raspou as costelas... Mas esquece isso, foi só um susto.

VÍTOR

Que chato!... Ainda bem que...

NECO

Que fome, sô!

EVERALDO

O fundamental é a gente não perder a cabeça.

NECO

Isso é certo. Mas foi o senhor mesmo quem pegou a faca...

VÍTOR

Chega, Neco!

EVERALDO

O que passou passou. Temos problemas maiores para resolver.

NECO

E aquele usurário do meu tio?

EVERALDO

Me visitou no hospital, faz uns três dias.

NECO

Vai ver que mandou a polícia atrás de mim.

EVERALDO

Isso não sei. Mas não quer te ver nem pintado. E escreveu pra teu pai.

NECO

Fez a minha caveira!... (*Aperta o estômago*) Será que não há nada para comer aqui?

EVERALDO
Hein?

VÍTOR
Que bom rever você, pai... E a mãe, cadê ela?

EVERALDO
Foi atrás do Felinto.

NECO
Do tio?

EVERALDO
Estamos muito precisados de dinheiro... Agora é ela quem vai atrás dos agiotas, coitada!

VÍTOR
(*Olha intencional para Neco*) É...

NECO
Estou com uma fome boçal. Faz três dias que a gente não come. Levaram todo o nosso dinheiro.

VÍTOR
É, fomos assaltados. A gente dormia na rua.

EVERALDO
Assaltaram e...

NECO
O pior é que me tomaram o revólver. Filhos de uma...

EVERALDO
É nisso que dá fugir de casa... Talvez ainda haja um resto de pão na cozinha... A merda é total! Vamos ver o que Doca consegue.

NECO

Vou buscar o pão. (*Sai*)

VÍTOR

Saiu meu retrato no jornal.

EVERALDO

Eles levaram daqui. Veio polícia, jornalista... Tua mãe é quem sabe direito...

VÍTOR

Me sentia como um bicho desses que as pessoas caçam. Mal conseguia dormir... Cada pessoa era um inimigo que me rondava... Quando os caras nos assaltaram pensei que era o fim.

Neco volta comendo pão e dá um pedaço a Vítor.

NECO

Esse cara aí vivia apavorado, pensando que iam arrancar o rubi da barriga dele. O maior cagaço!

VÍTOR

Claro, o dinheiro a gente leva no bolso, mas o rubi está na minha carne. Já virou parte de meu corpo, como minha mão ou meu olho... É estranho.

NECO

Claro, um olho na barriga!

VÍTOR

Fico pensando: isso é o valor que eu tenho em mim e é a minha perdição...

EVERALDO

Claro. Se estivesse no porta-joias, que é o lugar certo, seria diferente... Mas a perua velha...

NECO

Essa velha foi a pior zorra que já nasceu! Esculhambou a vida de todo mundo, até a minha. Sabe que eu também já estou com raiva dessa tua avó, Vítor? Com meu pai, fim de papo. E se tio Felinto escreveu contando tudo, o velho vai se mandar do Coroatá para cá de garrucha em punho.

VÍTOR

O melhor que a gente faz é esquecer a vovó, o rubi, esquecer toda essa complicação...

DOCA

(*Entrando*) Vitinho, meu filho! (*Abraça-o*) Eu sabia que ias voltar! Eu disse, não foi, Evê?

VÍTOR

Pensava muito em você, mãe.

NECO

Não dava mais pé: a fome estava braba.

EVERALDO

Os meninos estão morrendo de fome, Doca.

DOCA

Tudo na mesma.

EVERALDO

Falaste com eles?

DOCA

Com o Manduca. O Felinto não achei

EVERALDO

E o Manduca?

DOCA

Não quis emprestar.

EVERALDO

Como não quis? Você é que não soube falar...

DOCA

Disse que ou você paga o que deve a ele ou...

EVERALDO

Ou o quê?

DOCA

Ou vais te dar mal.

EVERALDO

Mas explicaste tudo direitinho?

DOCA

Expliquei, Everaldo. Mas você não me disse que já devia tanto a ele...

EVERALDO

Puta que o pariu! (*Esmurra a cadeira. Silêncio. Vítor e Neco se entreolham*)

VÍTOR

Bom... A gente vai dar uma volta...

EVERALDO

Vão embora?

DOCA

Não, Vitinho, espera um pouco.

VÍTOR

É que a gente...

EVERALDO

Nada disso. Vocês estão morrendo de fome e vamos ter que dar um jeito nisso, não é, Doca?

DOCA

Claro... mas que jeito, Evê?

EVERALDO

Pensei um troço. Vai lá embaixo e me chama aqui o seu Marcelino da mercearia. Diz que eu quero falar com ele, mas não diz o quê.

DOCA

Everaldo!... Não tenho mais cara!

EVERALDO

Não se preocupa. Vai e deixa comigo, que eu resolvo. Sei como tratar com esses assaltantes da bolsa popular!

Toca a campainha. Doca vai atender à porta. Ouve-se uma voz de português. É o açougueiro Diogo.

DIOGO

(*Fora*) Não tem mais nem mais-mais! Ou paga ou levo a geladeira, o fogão, o raio que o parta!

EVERALDO

Manda seu Diogo entrar.

Entra Diogo e perde um pouco da fúria.

DIOGO

Seu Everaldo... o caso é o seguinte. Já esperei demais. A vossa dívida é muito grande e estou precisando do dinheiro que vossa senhoria me deve...

EVERALDO

Vossa senhoria está com a razão, seu Diogo, com toda a razão, e nada é mais raro no mundo do que ter razão. E isso o senhor tem: dê-se por feliz! Mas é que as coisas complicaram, o senhor vê, estou neste estado... Sabe como é, médico, hospital...

DIOGO

Compreendo perfeitamente. Mas o fisco não tem tolerância com os pequenos comerciantes. A SUNAB tabela a carne, multa, é o diabo. A situação está ruim pra todo mundo, esta é a verdade... Vossa senhoria me desculpe, mas não posso esperar mais.

EVERALDO

Vamos fazer o seguinte... O senhor me fornece carne mais hoje e amanhã. Quarta-feira pago tudo, com...

DIOGO

Mais fiado? Vossa senhoria está brincando comigo!

EVERALDO

Estou lhe dando a minha palavra de honra. Quarta-feira pago tudo.

DIOGO

Palavra é palavra e dinheiro é dinheiro. São coisas diferentes. O senhor fala, mas não dá uma garantia.

EVERALDO

(*Súbita iluminação*) Garantia? Garantia! Dou, dou-lhe uma garantia!

DIOGO

Dá? Qual?

EVERALDO

Um rubi. (*Reação muda de Vítor*) Um rubi que vale setenta milhões. Não é, Doca?

DOCA

(*Balançando a cabeça*) É...

DIOGO

Essa não! E com todo esse valor nas mãos, o senhor deixou de pagar os débitos?

EVERALDO

É que somente agora disponho da joia, seu Diogo.

Doca balança a cabeça num gesto de quem desiste e vai para a cozinha.

DIOGO

Peço que o senhor não me leve a mal, seu Everaldo, mas não consigo acreditar...

EVERALDO

Como não consegue acreditar? Eu não minto, seu Diogo. Coisa que nunca fiz em toda a minha vida foi mentir. Isso nunca!

DIOGO

Não é que o esteja chamando de mentiroso, mas, acreditar, não acredito.

EVERALDO

Pois eu lhe mostro.

Vítor se ergue; tenta fugir. Neco o agarra.

NECO

Pera aí, cara, a gente tem que comer.

VÍTOR

(*Relaxando*) Mas me solta, pô!

NECO

Afobado come cru.

EVERALDO

(*A Diogo*) Abra a camisa dele. (*Diogo vacila*) Abra (*pisca para Vítor*) pode abrir. (*Diogo abre a camisa de Vítor*) Veja, aí está o rubi.

DIOGO

No umbigo?! Custa-me crer!

Vítor fecha a camisa bruscamente.

EVERALDO

(*Torna a piscar para Vítor*) Vamos tirar o rubi do umbigo dele e vender. Só está dependendo de uma vaga no Hospital do INPS da Lagoa... E, então, seu Diogo, está mais tranquilo agora?

DIOGO

Bem, vamos dizer que mais ou menos... Mas é muito esquisito esse rubi...

EVERALDO

Esquisito é girafa, seu Diogo, e existe. Doca daqui a pouco vai apanhar a carne com o senhor, certo?

DIOGO

Vamos dizer que sim...

EVERALDO

Dois quilos hoje, dois amanhã...

DIOGO

Dois quilos, não, seu Everaldo. Um quilo.

EVERALDO

Vá lá, um quilo e meio para acabar a discussão.

DIOGO

Bom, vá lá... Tenho-me que ir, até logo. (*Sai*)

VÍTOR

(*Ao pai*) Que que você está querendo arrumar de novo? Parece maluco. Depois de tudo que aconteceu, me dá essa agora!

EVERALDO

Não te impressiona, Vítor. Sei o que estou fazendo.

VÍTOR

Ninguém vai me conversar não...

DOCA

(*Voltando nervosa*) Calma, gente, calma!

VÍTOR

Quero deixar claro uma coisa: não vou servir de joguete nas mãos de vocês.

EVERALDO

Dá pra entender? Estamos todos morrendo de fome, consigo carne para quatro dias e sou chamado de maluco! Tem lógica isso?

VÍTOR

Mas me joga no fogo!

EVERALDO

Você está com fome, não está? Pois bem, carne já temos. Vamos agora ao feijão, ao arroz, à farinha. Falarei com o Marcolino. Vai lá, Doca, chama o homem aqui.

VÍTOR

E quando a cidade inteira souber que eu tenho esta merda na barriga, que que eu faço? Me meto num buraco pro resto da vida?

EVERALDO

Em vez de se preocupar com o futuro, meu filho, pensa assim: o que vou comer agora? É isso aí...

VÍTOR

Pra você é fácil pensar assim, mas eu sei muito bem onde isso vai parar.

NECO

Primeiro comer, depois filosofar.

EVERALDO

Está bem, Vítor, está bem, mas é aí que tu te enganas. (*Dança de alegria*) Encontrei, encontrei a saída! (*Dança ainda*) E aquela perua velha dizia que eu sou burro. (*Para de dançar*) Escuta, Vítor: não vai ser preciso tirar rubi nenhum, tá? Basta mostrá-lo como garantia. Entendeu, filho? Entenderam? Todos os problemas resolvidos. Iremos a um banco. Antes, passamos na Andersyl Joias, pegamos uma declaração do valor do rubi. Mostramos ao gerente do banco e levantamos setenta mil cruzeiros novos!!!

DOCA

Não estou entendendo nada.

EVERALDO

Como não pensei nisso antes! É, sou burro, sou uma besta quadrada! Só uma alimária leva tanto tempo para descobrir uma coisa tão simples, o óbvio! E se for preciso tirar o rubi – isso numa remotíssima hipótese – se for mesmo preciso tirar o rubi, Vítor, o próprio banco terá interesse em financiar a operação e num hospital de primeira...

VÍTOR

(*Firme*) A operação não pode ser feita no Brasil.

EVERALDO

Quem disse isso?

VÍTOR

Estamos sabendo, nos informamos...

EVERALDO

Ah, pilantras, então vocês iam tirar o rubi pra vender!

NECO

Mas claro! A gente pagava a operação depois, com o dinheiro da venda, pegava o resto e se mandava.

EVERALDO

Isso é sacanagem.

NECO

Ué, você estava morto!

VÍTOR

Só nos Estados Unidos ou na Europa. No Brasil é morte certa.

EVERALDO

Agora estou entendendo por que vocês voltaram... Mas olha, isso é conversa de médico atrasado. No Brasil se faz hoje até transplante de coração! Como é que não vai fazer uma reles operação de umbigo? Mas, isso não vai ser problema: nós te levaremos aos Estados Unidos, à Europa, à URSS se for preciso! Não é, Doca?

DOCA

Gato escaldado tem medo de água fria. Não me metam nisso.

Toca a campainha. Doca atende à porta. Entra o Dr. Pacheco, do Salva-Cor. Cumprimenta a todos com muita educação.

EVERALDO

(*Eufórico*) Este homem salvou a minha vida!

PACHECO

Bondade do senhor... (*Senta*) Bem, seu Everaldo, como vai o coração?

EVERALDO

O coração vai bem, doutor, o que vai mal é o bolso.

PACHECO

(*Ri sem graça*) Essa doença pelo menos não mata... Seu Everaldo, por falar em bolso, o motivo que aqui me traz é um tanto, como direi?...

EVERALDO

Desagradável...

PACHECO

Constrangedor... Isto é, refiro-me às duplicatas que o senhor assinou por conta do tratamento...

EVERALDO

Já sei, estão vencidas.

PACHECO

E infelizmente – espero que o senhor não me leve a mal – infelizmente terei que...

EVERALDO

Mandá-las a protesto.

PACHECO

Bem, o senhor sabe.

EVERALDO

No total, dá quanto?

PACHECO

(*Tirando as duplicatas do bolso, calcula*) Uns vinte a vinte e três mil cruzeiros, incluindo os juros...

EVERALDO

Muito bem. (*Aproxima-se de Vítor. Pisca o olho para Neco, que agarra Vítor. Abre-lhe a camisa*) O senhor está vendo isto aqui? Trata-se de um rubi *sang de pigeon*, pedra raríssima. Vale mais de setenta mil cruzeiros, se não valer cem. Dou-lhe o rubi em garantia.

PACHECO

Rubi? Mas está na barriga do moço.

EVERALDO

Está, mas não nasceu aí. O Banco Mineiro do Cascalho me adiantará, terça-feira, por conta desta pedra preciosíssima, quarenta mil cruzeiros.

DOCA

(*Suspira e balança a cabeça*) Mãe, por que me abandonaste?

Ouve-se de novo a campainha da porta. Neco vai atender. Entra dona Elvira, proprietária do apartamento. Uma cinquentona gorda, com ar de dona da casa.

DOCA

Sente-se aqui, por favor, dona Elvira. Como vai a senhora?

ELVIRA

Muito bem, não vou. Boa noite a todos. (*Senta-se*)

EVERALDO

Boa noite, dona Elvira... (*Ao médico*) Pois bem, são quarenta mil cruzeiros que...

ELVIRA

Desculpe interromper uma conversa tão agradável...

EVERALDO

Absolutamente, já terminávamos... Este é o doutor Pacheco, eminente cardiologista.

ELVIRA

Muito prazer... (*Abre a bolsa, tira um papel*) Meu recado é curto. Isto aqui, senhor Everaldo, é uma ordem de despejo. Já podia ter sido executada, mas, sabendo de seu estado de saúde, preferi avisá-lo. Lamento muito, mas, ou o senhor me paga hoje tudo que me deve ou mando executar o despejo amanhã. Desculpe se falo assim na frente do doutor, mas não creio que esteja dizendo nenhuma novidade... E essas coisas devem ser tratadas sem delongas... Espero que a senhora me entenda, dona Doca.

DOCA

Entender o quê?

EVERALDO

(*Pega o papel, passa os olhos*) A senhora não prefere receber o seu dinheiro?

ELVIRA

Que dúvida! Há mais de quatro meses que não faço outra coisa a não ser lutar para receber o meu dinheiro.

EVERALDO

E então?

ELVIRA

Então, o quê? Vai me pagar agora?!

EVERALDO
Mas posso lhe dar uma garantia...

ELVIRA
Não, muito obrigada. Estou cansada de promessas. Ordenarei o despejo! (*Levanta-se*) Desculpe, dona Doca.

DOCA
Desculpar o quê?

EVERALDO
Dona Elvira, a senhora nem me deixou terminar. Digamos que eu não lhe pague hoje, mas lhe dê uma garantia para pagar tudo dentro de uma semana. O atrasado e ainda um mês adiantado...

ELVIRA
Com quê? Com petrodólares? Não, não quero.

EVERALDO
É que possuo um rubi que vale setenta mil cruzeiros, joia de estimação, a senhora entende. Trata-se de lembrança deixada pela mãe de minha mulher, minha querida sogra, a excelentíssima senhora dona Marieta Mendonça de Menezes, uma relíquia da família. Nunca pensamos em vendê-la, mas já que a situação chegou ao ponto que chegou... Que se vai fazer, não é mesmo? Vão-se os anéis, fiquem os...

ELVIRA
Entendo, entendo, mas onde está esse rubi, no prego?

NECO
Não, no umbigo. (*Ri*)

ELVIRA
Muito engraçadinho!

EVERALDO
Vítor, meu filho, mostra pra ela.

Vítor contrafeito abre a camisa.

ELVIRA
É isso aí? Que coisa obscena!

VÍTOR
Eu por acaso abri a braguilha?

DOCA
Vitinho, ela é uma senhora!

EVERALDO
Um rubi *sang de pigeon*, oriental. Vale setenta mil, segundo avaliação feita pela Andersyl Joias.

Doca balança a cabeça.

ELVIRA
Pode valer, pode não valer. A verdade é que na barriga dele, como está, não vale um tostão.

NECO
(*Oculto, dá uma banana*) Aqui, oh!

EVERALDO
Como não vale? Um rubi é um rubi, esteja onde estiver. Mesmo que seja num pote de bosta.

ELVIRA

E o senhor dava setenta milhões por um rubi dentro de um pote de bosta?

EVERALDO

Dava!

DOCA

Esta conversa está fedendo. Meu filho não é uma latrina.

PACHECO

Nisso a senhora tem toda razão... dona Elvira. O valor de uso é uma coisa, o valor de troca é outra.

EVERALDO

Curso básico, não, malandro? Te manjo...

ELVIRA

Quero dinheiro vivo na minha mão. São mais de vinte mil cruzeiros, sem contar os juros. Ou o dinheiro, seu Everaldo, ou o despejo... Entenda, dona Doca! (*Doca faz uma careta*) E tem mais: o senhor está pagando muito pouco pelo aluguel do apartamento. Mesmo que se resolvesse tudo, o aluguel ia ter de subir.

EVERALDO

Não seja por isso, dona Elvira. Podemos acertar logo agora o novo aluguel.

ELVIRA

Não, antes, pague os atrasados.

EVERALDO

Já lhe disse que pago tudo, dona Elvira. Dentro de cinco ou seis dias, tiraremos o rubi e pronto.

Vítor e Neco discutem mudamente, percebem-se os gestos.

ELVIRA

Seis dias? Por que não hoje?

EVERALDO

Como hoje?

ELVIRA

Claro. Podemos sair agora daqui para um hospital e resolvemos logo o problema.

EVERALDO

Mas a operação é delicada, não pode ser feita de qualquer jeito. E depois não se arranja um hospital assim, de uma hora para outra.

ELVIRA

Deixe isso por minha conta. Arranjo um hospital agora mesmo.

PACHECO

Também acho. Ou hoje ou nunca. Do contrário, mando os títulos para o protesto amanhã de manhã.

EVERALDO

Mas o senhor já tinha concordado. Isso não vale. Negócio é negócio.

PACHECO

Eu não tinha feito nenhum acordo com o senhor. Ou hoje ou nunca!

EVERALDO

Está bem. Hoje.

VÍTOR

E eu, não conto? Afinal de contas na barriga de quem está esse rubi? Pensam que minha vida está em leilão? Ninguém vai me tocar um dedo, tá?

EVERALDO

Espera, Vítor, ainda estamos discutindo... (*A Elvira*) Qual é o hospital? É bom?

ELVIRA

Posso conseguir um ótimo hospital. Não se preocupe, rapaz. Anestesia geral e... zapt!

EVERALDO

Vítor, meu filho, se o hospital for bom mesmo... E o médico, dona Elvira?

VÍTOR

(*Levantando-se*) Vão para o inferno!

DOCA

Vítor, meu filho! Valei-me Nossa Senhora!

NECO

(*Sujeitando Vítor*) É melhor, cara.

VÍTOR

Me larga, seu judas! (*Empurra Neco sobre os outros e vai se afastando de costas. Some pela porta da rua. Neco se recupera, sai atrás. Alvoroço. Depois todos voltam a sentar-se ou não*)

ELVIRA

Que que eu falei? Não se pode contar com rubi no umbigo de ninguém.

PACHECO

Esse moço é muito mal-educado. Não respeita o próprio pai!

DOCA

Que vai ser de meu filho, meu Deus!

EVERALDO

Calma, Doca, a situação ainda não é desesperadora.

ELVIRA

Ele vai se dar mal, muito mal.

PACHECO

Os jovens de hoje... Às vezes me pergunto para onde caminha a humanidade!

ELVIRA

Bem. Já que o rubi fugiu, seu Everaldo, voltamos à estaca zero. Vou mandar executar o despejo. Pra mim chega!

DOCA

Que mal fizemos a Deus? Por que tanto sofrimento?

EVERALDO

Não desespera, minha velha, a gente resolve...

DOCA

Não resolve, não, Everaldo, eu sei que não tem mais jeito... Vão nos botar pra fora de nossa casa... (*Pausa. Ao médico e Elvira*) Que coisa são vocês? De onde vieram? Do inferno? São os agentes do demônio que estão aqui para nos tirar o sangue e a alma?

ELVIRA

A senhora está enganada. Não sou agente do demônio: sou a proprietária deste apartamento onde a senhora mora de graça há quase seis meses.

EVERALDO

Seis, não. Quatro.

PACHECO

Salvei a vida de seu marido. Ele mesmo reconheceu isso há poucos minutos...

DOCA

Vocês nos deram a vida, nos deram a saúde e o teto. Outros nos deram a comida e as roupas. E nós, que temos de nosso neste mundo? Nossas mãos, nosso corpo, a necessidade de morar e comer... E agora vocês se cansaram de ser bons e nos tiram tudo o que deram: nos retiram o direito de viver, como se fossem Deus.

ELVIRA

A senhora está muito nervosa... Prefiro me entender com seu marido que, pelo menos, ainda não está delirando.

Soa a campainha. Entram Neco e Diogo.

NECO

Ele se mandou mesmo.

DIOGO

Mas não irá longe. Se tomarmos as providências agora, pegamos o gajo.

EVERALDO

Ouviram isto? Este é o caminho! Se o caso interessa a todos nós, dona Elvira, doutor Pacheco, devemos nos unir para resolvê-lo. Entenderam? Se não recebem o que lhes devo, vão ter prejuízo porque não tenho mais de onde tirar um tostão que seja. Mas se recupero o rubi, se vendo o rubi, todos vão lucrar com isso. Estou certo?

DIOGO

Já mandei chamar o pessoal do Esporte Clube Tijucano Juvenil. É uma meninada valente. E fazem tudo por mim, que fundei o clube deles. Meus empregados também podem dar uma mão. E tem muita gente no bairro que vai também.

ELVIRA

Acredito mais na polícia.

DOCA

(*Saindo*) Não vou deixar que matem meu filho!

EVERALDO

Espera aí, Doca!

Doca sai.

ELVIRA

Tenho alguns amigos na polícia que podem ajudar. Tem telefone aqui?

EVERALDO

Não, mas a vizinha aqui ao lado... Levo a senhora lá.

ELVIRA

Não precisa. Sempre me arranjo sozinha. (*Levanta-se, a Everaldo*) O senhor mete a gente em cada uma! É rubi, é hospital, é polícia! (*Anda para a porta*) Como sofre uma proprietária neste país! (*Sai*)

EVERALDO

E o senhor, doutor Pacheco?

PACHECO

Estava aqui pensando... Assim para uma coisa de momento... (*Põe-se de pé*) Talvez quem sabe, meu filho... Ele é da turma da pesada, como dizem... Claro, é filho de criação, bem entendido... Essa gente sabe de tudo no bairro... Vou ver o que faço. (*Sai*)

DIOGO

Bem. Mãos à obra!

NECO

Vou chamar mais gente. (*Saem os dois*)

EVERALDO

(*Mãos dadas atrás das costas, caminha a passos largos pela sala*) Proprietária, médico, polícia, marginais, açougueiro, em suma, a sociedade inteira nos ajudando a resolver o problema... É isso que falta ao socialismo: a mola do interesse particular... (*Continua a andar, agora com ar mais grave. Tira do bolso a carta do chefe de seção, lê em silêncio. Tempo. Dobra a carta de novo, guarda-a no bolso e senta-se*) O interesse particular... Dona Elvira, doutor Pacheco, Diogo, ainda há pouco queriam me chupar os ossos e agora estamos todos unidos por um mesmo ideal: capturar o Vitinho, ~~e esse também há poucos minutos colaborava comigo para conseguirmos comida~~... Onde está o meu interesse em tudo isso? Se a venda do rubi é para salvar a família, por que razão o Vitinho, que é membro da família, não concorda com isso? Por medo de morrer ou por querer se safar sozinho? E eu? Não posso querer me safar sozinho? Não tenho esse direito? (*Pausa*)... Estou velho... Ana Maria... Como o tempo passa, como a vida voa... É um redemoinho, gente, papel, tudo misturado, o vento carregando... Ana Maria tinha dois olhos enormes, rasgados na cara, como se fossem derramar. (*Pausa*) Ela detrás do guichê da Divisão do Pessoal, e eu conversava, conversava, esquecia o serviço, perdia a hora... Vinha para casa com aqueles dois olhos me seguindo. Jantava pensando nela. Sonhava com ela de noite... (*Recorda*) Foi num fim de tarde chuvoso, ofereci-lhe o táxi. Ela sorria pra mim, como a vida. Eu senti isso na hora: a vida pela primeira vez sorri pra mim... E veja só. Tive pena de Doca, do Vitinho, de nossa vida de bosta. Ela me convidou, eu não aceitei, continuei no táxi no rumo de casa. Que idiota! Naquela noite, escolhi a família. E como me arrependi, meu Deus! Quantas horas passei, quantos meses, pensando em Ana Maria, imaginando como ela seria, seus pelos, a umidade dela por dentro, o calor dela. Só faltava berrar de dor, no meio daqueles arquivos cobertos de poeira... Quanta coisa tem acontecido comigo!... Quando o Cerqueira deu o desfalque na Tesouraria, deixei de falar com ele. Que besteira!... (*Pausa*) É, eu não devia ter metido a mão no dinheiro do Instituto... Bolas, mas eu também não devia ter comido a mulher do Façanha, e comi. Não devia ter fugido de Ana Maria, e fugi. E as humilhações e as bajulações? Sempre fiz o que não devia... Sei lá!... Mas, vem cá, o Instituto não é para ajudar as pessoas? E eu não sou uma pessoa? E então?... As coisas não são tão simples assim! As coisas são complicadas, Everaldo Canabrava, as coisas são complicadas pra caralho! Você não tem como pagar a casa nem a comida. E de seu lado está um cofre cheio de dinheiro. O homem direito, o homem honesto, seu Everaldo, deixa todo aquele dinheiro ali, que não é dele, e volta para casa com as mãos vazias. Diz à mulher e ao filho: não há dinheiro, temos de gramar fome até o dia 28... Assim age o homem de bem... Mas eu sempre fui um canalha. Eu sempre fui um merda! Nunca tive coragem de olhar nos olhos de dona Marieta!... E quem era dona Marieta no rol das coisas? Uma perua velha! É isso, ela não passava de uma bosta, um cocô, uma titica de galinha. E ficava me humilhando, me espezinhando, porque sabia que o filho de um contínuo não se atreveria a... (*Tira o sapato de um pé, faz menção de atirar no retrato, não atira. Levanta-se com o sapato na mão e vai até o retrato. Ameaça-o com o sapato enquanto fala*)... Prostituta de luxo, falsa nobreza, saco de egoísmo, enfeitado de joias! Você cagava, não cagava? Peidava, não peidava? E era melhor do que eu por quê? Por que que vocês, que andam cobertos de sedas, medalhas, de títulos e anéis, se acham melhores do que os outros? (*Larga o sapato que cai no chão e sai andando sem ele*) Agora vocês vão me punir, vão me botar na cadeia porque eu roubei. Me humilharam, me torturaram, me obrigaram a trabalhar e me pagaram pouco, muito pouco, me pagaram o mínimo possível. Me obrigaram a comprar roupas melhores, camisas melhores, gravatas, me endividar, me encalacrar, roubar! E agora que eu roubei, agora que eu sou um ladrão, que até meu filho me chama de ladrão, que minha mulher terá vergonha de mim, agora que o Instituto inteiro me desprezará – agora vão mandar me prender... Mas aqui pra vocês. (*Dá uma banana com um braço só*) Aqui pra vocês, seus filhos da puta! Aqui, oh! (*Senta-se de novo. Longo silêncio*) Mas se eles pegarem o Vitinho, ainda posso me safar... Ninguém morre de uma operação no umbigo. Além do mais...

Soa a campainha da porta. Voz de Diogo gritando. Murros na porta também.

DIOGO
Abra, por favor! Abra!

Everaldo vai abrir. Entra Diogo carregando Doca semi-inconsciente. Deita-a no sofá com a ajuda de Everaldo.

EVERALDO

Que foi, Doca? Fala, que que você tem?

DIOGO

Desmaiou. Ela está muito fraca e nervosa. Acho que andou demais. Isso não é coisa para mulheres.

EVERALDO

(*Fazendo carinho nela*) Está melhor, minha velha?

DOCA

(*Despertando*)... Não foi nada... Cadê Vítor?... Estou tonta. Que aconteceu?

EVERALDO

Descansa... Está tudo bem.

DOCA

(*Tenta sentar-se, Everaldo ajuda*) Eles vão matar nosso filho, Everaldo.

EVERALDO

Que bobagem, Doca! Quem está procurando ele é gente daqui mesmo do bairro.

DIOGO

O senhor compreende, não ia deixar uma senhora caída na rua.

EVERALDO

Claro, seu Diogo. O senhor é um santo homem.

DIOGO

E não chegou aqui nenhuma notícia de seu rapaz, pois não?

EVERALDO

Até agora, não.

DIOGO

É que corria o boato de que o haviam encontrado, mas foi quando dona Doca desmaiou e... E pode ser apenas boato.

DOCA

(*Já melhor*) Parecem matilhas de cães atrás de nosso filho, Everaldo. Correm como loucos pra todos os lados, vasculhando vilas, terrenos baldios. Alguns estão armados de cacete, outros com faca.

EVERALDO

Armados!? Pra quê? (*Olha para Diogo*)

DIOGO

Minha gente não é. Recomendei a todos: devemos pegá-lo vivo.

EVERALDO

Pegá-lo vivo! Tenho que fazer alguma coisa.

DOCA

Mas tu estás doente, Evê!

EVERALDO

Seu Diogo vai comigo. Vamos?

DIOGO

(*Notando que Everaldo está descalço de um pé*) O senhor vai assim mesmo?

EVERALDO

Cadê meu sapato? (*Procura com os olhos. Apanha-o e senta-se para calçá-lo*)

DOCA

Não, Everaldo, tu não. Pede ajuda da polícia... Não, da polícia, não... Ah, meu Deus do céu!

EVERALDO

Não vai acontecer nada.

Pela porta que ficara aberta entra dona Elvira.

ELVIRA

(*Já dentro*) Posso entrar?

EVERALDO

Que houve?

ELVIRA

Que eu saiba nada. Exatamente por isso vim buscar a cópia da ordem de despejo que ficou com o senhor.

EVERALDO

Comigo?! (*Procura nos bolsos. Não acha*) Não está comigo... (*Vê o papel em cima da mesinha. Entrega-o a Elvira*) Tome. Mas por que isso?

ELVIRA

Pensei melhor... Não tenho nada a ver com seu filho nem com seu rubi. Tenho a ver com meu apartamento e o dinheiro do aluguel. Se o senhor acha ou não acha seu filho, se vende ou não vende o rubi, não é problema meu, está certo? Agora não há mais rubi, não há mais nada. Retomo a decisão anterior: autorizo o despejo.

EVERALDO
Mas já acharam o menino. Não é verdade, seu Diogo?

ELVIRA
Acharam?

DIOGO
Bem, corre esse boato...

ELVIRA
Ah, meu Deus! Já não sei o que faça, estou zonza, sabe, estou zonza!... Mas se é verdade que acharam o rapaz...

DOCA
Só peço a Deus que ele esteja bem, que não tenham machucado ele.

ELVIRA
Todos são testemunha da paciência que tenho tido. São quase seis meses de aluguel atrasados... A senhora entende, não entende, dona Doca?

Campainha. Doca abre a porta. Entra de supetão uma câmara de televisão empurrada por um homem e um repórter com um microfone.

REPÓRTER
(*A Elvira*) A senhora é a mãe do rapaz de umbigo de rubi?

ELVIRA
Não sou mãe de ninguém. Sou uma senhorita!

REPÓRTER
Estamos entrevistando a tia do rapaz do umbigo de rubi, a senhorita... Qual é a sua graça?

ELVIRA

(*Afastando-se*) Não tenho nada com isso, meu senhor. Não sou tia de ninguém. Vá pro diabo! (*Sai*)

REPÓRTER

(*Enquanto a câmara passa a perseguir Everaldo, que termina caindo numa poltrona*) Esta é mais uma reportagem exclusiva da TV Esfinge, a que cobre o que descobre e descobre o que cobre, falando diretamente da Tijuca no apartamento da família do rapaz que possui um umbigo de rubi. (*A Everaldo*) O senhor é o pai do rapaz?

EVERALDO

Sim, sou o pai dele.

REPÓRTER

Pode nos dizer o seu nome, por favor?

EVERALDO

Meu nome é Everaldo, Everaldo Canabrava.

REPÓRTER

Muito bem, senhor Erevaldo Canabrava!...

EVERALDO

Perdão, Everaldo.

REPÓRTER

Exatamente. O doutor Everaldo Canabrava é o pai do rapaz do umbigo de rubi. (*A Everaldo*) Doutor ~~Enervaldo~~, sabemos que o senhor é clínico cardiologista e gostaríamos que nos dissesse, com sua autoridade de médico, como explica o fato de seu filho ter nascido com um umbigo de rubi, o que é um caso realmente...

EVERALDO

Não sou médico cardiologista. Sou doente cardíaco.

REPÓRTER

Doente cardíaco? Ora, muito bem! É praticamente a mesma coisa, muito embora se possa considerar que há divergências a respeito... Diga-me, por favor: o senhor pretende fazer transplante de coração ou vai tratar-se pelos métodos convencionais? Se bem que o nosso assunto aqui não seja o coração, mas o umbigo... Fale do umbigo.

EVERALDO

Que umbigo?

REPÓRTER

O umbigo de seu filho, claro. Não é de rubi? Eis a questão. Trata-se de uma anomalia fisiológica, uma inexplicável presença residual de elementos minerais no organismo de um ser vivo, segundo hipótese aventada pelo professor Cordeiro Lima, ou de mero truque muito usado pelos contrabandistas de joias que escondem pedras preciosas nas partes mais íntimas do corpo, conforme seja homem ou mulher, para burlar a vigilância da alfândega?

EVERALDO

Me parece que está havendo uma baita confusão a respeito...

Vozes e barulhos à porta de entrada do apartamento.

VOZES

Evacua senão eu baixo o cacete! Nós também ajudamos! Bicha! Bicha!

Entram um policial fardado e Neco carregando Vítor des-maiado. Neco fecha a porta na cara de um grupo de pessoas que quer invadir o apartamento.

DOCA
(*Abraçando-se com o filho*) Vitinho! Você está bem?

A câmara e o repórter se voltam para o grupo que chega.

REPÓRTER
(*Ao policial*) Atenção, senhores telespectadores, mais um furo da TV Esfinge, a que descobre o que cobre e cobre o que descobre! Temos em frente a nossas câmaras neste exato momento o herói do momentoso caso do umbigo: o policial experimentado e cumpridor do dever que acaba de capturar o perigoso indivíduo do umbigo de rubi... Senhor guarda (*o guarda acabara de posar para a câmara*), gosta-ríamos de saber...

POLICIAL
Agora acabou, se arranca! (*Caminha para o sofá onde deita-ram Vítor*)

REPÓRTER
(*Seguindo o guarda*) Gostaríamos de poder informar aos telespectadores da TV Esfinge se o umbigo do rapaz é mesmo de rubi ou se...

POLICIAL
(*Sacando do cassetete*) Não tem rubi nenhum, tá? Tinha, mas já tiraro.

EVERALDO
Tiraram!?

POLICIAL

(*Batendo*) E vamos evacuar o recinto! (*Cai de porradas no repórter e no cameraman que se arrancam às pressas. O policial bate também em alguns que forçam a entrada quando os jornalistas saem. Enquanto isso Doca está debruçada sobre Vítor tentando reanimá-lo. Everaldo se aproxima e descobre o umbigo de Vítor manchado de sangue*)

NECO

Quando vi, estavam cinco caras em cima dele já cortando o umbigo. Ouvi Vitinho gritar e...

EVERALDO

Saquearam meu filho! Roubaram o rubi! Latrocínio!

POLICIAL

Examine direito, meu patrão, que eu tenho responsabilidade nesse pobrema...

EVERALDO

(*Examina melhor o umbigo sujo de sangue*) Não, não tiraram! O rubi está aqui! Graças a Deus!

VÍTOR

(*Gemendo*) Mãe, onde está você? Cadê minha mãe?

DOCA

Estou aqui, filho.

VÍTOR

(*Gemendo*) Está doendo...

DOCA

Ele está sangrando muito, Everaldo. Meu Deus, que vamos fazer?

Voz de Elvira lá fora. Murros na porta.

ELVIRA

(*Fora*) Quer fazer o favor de abrir? (*Bate mais*) Quer abrir esta bosta?

POLICIAL

(*Sacando de novo o cassetete*) Quem é a engraçadinha?

NECO

Acho que sei quem é. Vou abrir.

Abre. Entram Elvira e Pacheco. O policial bate nos demais e a porta se fecha outra vez.

ELVIRA

(*Eufórica*) Graças a Deus, acharam o rapaz! Que bom, seu Everaldo! Dona Doca, a senhora agora está mais contente? Oh, está ferido? Coitadinho!

PACHECO

Que brutalidade! Como feriram o rapaz? Este é decididamente um mundo violento! Me tragam um pouco de éter.

Doca sai.

ELVIRA

É como o senhor dizia há pouco, doutor Pacheco. Vivemos numa selva! (*A Everaldo*) De qualquer modo, seu Everaldo, o pior já passou. O rapaz está aqui, acabou tudo bem!

EVERALDO

Bem? Isso não sei.

ELVIRA

Claro que acabou bem. Não acha, doutor Pacheco?

PACHECO

Evidentemente que toda opinião é relativa... Mas nosso acordo era esse. Chegou-se a bom termo. Pelo menos...

ELVIRA

(*A Everaldo*) O senhor agora vai poder pagar suas dívidas, reconstituir sua vida, e poderá continuar morando aqui... Não pelo preço antigo, claro...

Doca volta com éter e algodão. Pacheco faz o curativo.

DOCA

Everaldo, manda chamar uma ambulância. Vitinho não está bem.

ELVIRA

Vamos ganhar tempo. Não se preocupe, dona Doca. Leva-se o rapaz para um hospital e lá se faz tudo logo de uma vez.

PACHECO

Pode ser até na minha casa de saúde, que fica aqui perto.

EVERALDO

Mas é pra tratamento de coração.

PACHECO

Não há tempo a perder, seu Everaldo. Vou telefonar pra lá.

ELVIRA

Vá logo, doutor.

POLICIAL

Mas tem um pobrema. Esse moço tava sendo procurado pela polícia, com ordem de prisão. (*Tira uma foto do bolso*) Tentativa de homicídio... O nome dele não é Vítor?

DOCA

Meu filho vai morrer, seu guarda! Doutor, chame a ambulância.

POLICIAL

Madame, eu cumpro ordens. O rapaz vai ficar sob a guarda da polícia. Inda mais que há o caso desse rubim, morou?

ELVIRA

O rubi pertence a mim também. Exijo respeito à propriedade!

PACHECO

E pertence a mim também.

DIOGO

Tenho também uma parte nele.

POLICIAL

Não folga comigo não, portuga!... Tou manjando o babado de vocês. Mas a autoridade aqui sou eu, morou? Não levei o rapaz pro distrito diretamente pra não darem sumiço no rubim. Não tou aqui pra marcar bobeira, morou? Se o objeto de valor desaparece, o cumpridor do dever não leva nada e ainda paga o pato, que a corda rebenta sempre do lado mais fraco, falei?

EVERALDO

Para encurtar a conversa, quanto quer pelo seu trabalho?

POLICIAL

Bem, não é que eu queira meter a mão... sabe como é? Mas se o senhor tem boa vontade a gente pode ver... Cinquenta por cento e tamos conversado. (*Aponta para Neco*) O moço disse que vale setenta milhas, quer dizer, ainda sobra muito dinheiro pro doutor...

EVERALDO
O moço não sabe de nada. É um trapalhão. (*Olha ameaçador para Neco, que muda de lugar*)

NECO
Quando minto é porque minto, quando falo a verdade... Vocês podem me dizer que país é este?

ELVIRA
Desde que receba minha parte, está tudo bem. Já estou cansada desta confusão!

PACHECO
Desculpe, dona Elvira, mas a senhora deve também pensar nos outros. Se o guarda fica com cinquenta por cento, o que sobra, pagando a senhora, não chega para pagar a mim.

ELVIRA
Cobrar a minha parte já me deu trabalho demais!

PACHECO
Então, seu Everaldo, exijo ser o primeiro a receber. Meu negócio, isto é, minha clínica, está em dificuldades.

ELVIRA
Isso é que não! Ponho todos no olho da rua!

EVERALDO
Calma, pessoal, calma, podemos chegar a um entendimento.

DIOGO

A mim o senhor me deve quase três mil cruzeiros. Sou um pequeno comerciante. Tenho preferência.

ELVIRA

Preferência!...

DOCA

Vítor! Vítor! Chamem a ambulância!

NECO

Vou chamar, dona Doca.

DOCA

Tem um pronto-socorro aqui perto. Vai lá, Neco, vai, meu filho!

Sai Neco.

EVERALDO

Vamos resolver isso logo, meu filho está perdendo sangue. Como está ele, Doca?

DOCA

Está desmaiando de novo.

EVERALDO

(*Ao policial*) Peço-lhe que entenda a situação. Se lhe dou cinquenta por cento não sobra dinheiro para pagar as outras pessoas, sem falar nos outros compromissos que tenho... Proponho um entendimento entre todos...

ELVIRA

Quero receber tudo. Já esperei demais!

PACHECO

Compromisso todos nós temos.

DIOGO

Dívida é dívida.

VÍTOR

Chegou o navio, mãe... Vem vindo entre as casas coloridas, mais alto que as casas... (*Todos param e escutam*) Vem comigo, mãe, me dá a mão... Azul e rosa...

DOCA

Sim, meu filho, eu vou contigo...

VÍTOR

A vida, mãe, luzes na água... Está se apagando, me ajuda, mãe, me ajuda...

DOCA

Estou aqui, filho, estou aqui...

POLICIAL

Então, nada feito? Justamente... Levo o rapaz pro distrito.

ELVIRA

E o senhor, quem pensa que é? Não vai levar rapaz algum! Vou telefonar agora mesmo para o delegado Pederneiras. Vamos ver quem é autoridade!

DOCA

Vítor está morrendo, Evê!

PACHECO

(*Aproxima-se de Vítor*) Como está ele, dona Doca?

EVERALDO

(*Corre para o filho*) Meu Deus, vou perder meu filho! (*Tenta carregá-lo. Não consegue*) Me ajudem.

DIOGO

(*Ajudando a carregar Vítor*) Vamos levá-lo assim mesmo.

PACHECO *[riscado; manuscrito: Elvira]*

(*Ausculta Vítor*) Não adianta. ~~Ele já morreu.~~ *[manuscrito: Acho que ele já morreu.]*

DOCA

Não! Vítor, responde, meu filho!

~~PACHECO~~

~~(*Consternado*) É a verdade. Está morto...~~

Depõem o corpo no sofá.

EVERALDO

(*Debruçado sobre o filho*) Vítor, perdoa, filho!

DOCA

(*Acariciando o filho*) Meu menino fujão! (*Soluça com a cara enfiada no peito do morto*) Morreste e não foste feliz. Como é possível, meu Deus, como é possível?! A gente vivia como todo mundo, a gente te criou aqui dentro desta casa, brincando no chão, se agarrando nos móveis. (*Soluça mais. Pausa. Aos outros*) E vocês discutiam negócios enquanto meu filho se esvaía em sangue. (*Pausa*) Saiam da minha casa, por favor, saiam daqui! (*Cai de novo em soluços. Everaldo a ampara. Os outros se aproximam*)

EVERALDO

Calma, Doca, tenha calma.

NECO

(*Voltando da rua*) Ele morreu? Vítor morreu!?

DIOGO

É a vontade de Deus, dona Doca. Que se vai fazer?

ELVIRA

Pobre rapaz, tão moço ainda!

NECO

Parecia que era tudo uma brincadeira.

Neco vai sentar-se no primeiro plano da cena, cabisbaixo. Enxuga uma lágrima.

PACHECO

Um filho é sempre uma coisa preciosa. Que mundo, meu Deus.

DIOGO

De minha parte... Bem, a situação é delicada, o rapaz está morto, como se pode testemunhar, não há nada a fazer... A senhora e seu Everaldo, dona Doca, estão vivos, com as graças de Deus, precisam de comer, de morar... São coisas da vida.

DOCA

Está bem. Agora me façam um favor: me deixem enterrar meu filho em paz.

Everaldo vai a Doca, abraça-a protetor. Pesado silêncio. Ninguém se move. Tempo.

ELVIRA

Mas a senhora vai enterrar ele com o rubi? (*Fita Everaldo, que baixa os olhos. O doutor Pacheco e Diogo também*)

DOCA

(*Vencida*) Quando vai terminar todo este sofrimento e toda esta miséria?

Fim da peça

Rio, 8/10/70

final da edição de 2008

Após assistir à montagem de 1979, Ferreira Gullar acreditou que o final havia ficado "muito macabro" e o reescreveu, conforme indicado nas correções manuscritas das páginas anteriores. A seguir, indicamos a versão alternativa do fim da peça, publicada originalmente em 2008 pela Editora Leitura.

DIOGO

É a vontade de Deus, dona Doca. Que se vai fazer?

ELVIRA

Pobre rapaz, tão moço ainda!

NECO

Parecia que era tudo uma brincadeira.

Neco vai sentar-se no primeiro plano da cena, cabisbaixo. Enxuga uma lágrima.

PACHECO

Um filho é sempre uma coisa preciosa. Que mundo, meu Deus.

DIOGO

De minha parte... Bem, a situação é delicada, o rapaz está morto, como se pode testemunhar, não há nada a fazer... A senhora e seu Everaldo, dona Doca, estão vivos, com as graças de Deus, precisam de comer, de morar... São coisas da vida.

DOCA

Está bem. Agora me façam um favor: me deixem enterrar meu filho em paz.

Everaldo vai a Doca, abraça-a, protetor. Pesado silêncio. Ninguém se move. Tempo.

ELVIRA
Mas a senhora vai enterrar ele com o rubi? (*Fita Everaldo, que baixa os olhos. O doutor Pacheco e Diogo também. Tempo.*)

NECO
Ele está se mexendo! Vitinho está se mexendo!

Vítor se ergue e olha em volta. Doca e Everaldo correm para ele, emocionados.

DOCA
Meu filho está vivo!

EVERALDO
É um milagre!

ELVIRA
Voltamos à estaca zero!

Blackout. Tempo. A luz vai voltando lentamente. A cena agora é outra: um escritório de empresa, ao fundo, um pano encobre uma placa que será descerrada depois. Elvira, Everaldo, Doca, Neco e Diogo, todos bem-vestidos e alegres, estão ali para participar de uma solenidade. Entra Vítor, de paletó e gravata, bem penteado, com ares de executivo, e se encaminha para o microfone.

VÍTOR
Meus caros amigos, tenho o prazer de estar aqui com vocês para inaugurarmos a nova sede de nossa querida empresa Vítor M. Pedras Preciosas S.A. Convido minha mãe para descerrar a placa com o lema de nossa empresa.

Ela vai até o fundo e retira o pano, deixando ver-se uma placa onde se lê: "Não perder a ternura jamais." Todos aplaudem euforicamente. Música festiva invade a cena. Eles dançam, rebolam, servem-se de bebidas.

Fim da peça

textos

de

ferreira

gullar

para o

programa

da peça

(1979)

considerações em torno
de *Um rubi no umbigo*

Esta é de fato a primeira peça teatral escrita inteiramente por mim. As demais foram feitas em parceria, e o que há de melhor nelas não se deve a mim, mas aos parceiros. Até 1962, quando me integrei no CPC da UNE, minha experiência teatral era apenas a de espectador e leitor. E foi no Grupo Opinião, de 1964 a 1969, que passei a viver o teatro, a participar de uma maneira ou de outra de todas as etapas da realização teatral: da eleição do tema, da elaboração do roteiro e do texto, da discussão da obra, da escolha do elenco, da observação dos ensaios e da aflição da estreia. E também dos êxitos e dos fracassos. Foi uma experiência muito rica, de trabalho de equipe, que me ensinou o pouco que sei dessa arte difícil e cheia de surpresas.

Só em 1970, desfeito o Grupo Opinião, aventurei-me a escrever a peça que agora é apresentada ao público. Foi um parto difícil, e especialmente porque não queria fazer uma peça "de poeta". Tinha compreendido, nesses anos, que a linguagem tem no teatro uma função diferente da que tem no poema ou no romance: ela deve nascer da ação dramática e ser veículo dela, integrada como carne e músculo no esqueleto da peça. Se o consegui, não sei, mas fiz o que pude para consegui-lo. A peça foi reescrita várias vezes e, recentemente, retrabalhada. Sei, porém, que todo esse esforço nada significará se, no palco, o milagre teatral não se der.

O tema, colhido do jornal, fascinou-me pelas implicações que poderia extrair dele e pela significação simbólica que continha. Isso tudo eu o pressentia à medida que pensava sobre ele e elaborava a história. Não tive, porém, a preocupação do simbolismo: ataquei o assunto a partir das relações sociais objetivas, e nesse plano me mantive, deixando que as outras implicações surgissem naturalmente do desdobrar do conflito e de seu aprofundamento.

Desde o primeiro instante, tive a sensação de que escrevia uma comédia, porque a própria extravagância da situação parecia induzir a isso. Não obstante, o conflito vivido pelos personagens é real, isto é, situa-se nas condições objetivas de uma sociedade desumanizada pelo dinheiro: o drama terminou por irromper, para a surpresa do autor e, creio, dos próprios personagens. Um deles chega a manifestar essa surpresa.

Dedico esta peça aos meus antigos companheiros do Grupo Opinião e, especialmente, a Oduvaldo Vianna Filho e Paulo Pontes que, mortos, continuam a nos comunicar ânimo e esperança.

considerações
em torno do rubi

Um rubi, a rigor, não vale nada. Que vale uma pedra que, como qualquer outra, se forma no solo espontaneamente? Só por ser vermelha?, por ser dura?, por ser translúcida?

Não obstante, o rubi vale e às vezes vale muito dinheiro. É um mistério o valor do rubi. Talvez decorra do fato de que há pessoas que adoram pedras vermelhas e translúcidas. Mas um pedaço de vidro vermelho faz o mesmo efeito, e ninguém daria tanto dinheiro por um pedaço de vidro. Hoje é possível fazer um rubi artificialmente, e tampouco esse rubi vale tanto quanto o rubi natural, que ninguém fez e, portanto, não contém em si nenhum trabalho humano.

A resposta só pode ser uma: o rubi natural é raro e dá muito trabalho encontrá-lo. Por isso vale tanto. Agora imagine você, de repente, em plena adolescência, encontrar um rubi em seu próprio umbigo! E imagine se todas as pessoas descobrem que em seu umbigo há um rubi! Por muito menos, já não se pode andar de noite pelas ruas do Rio. Nem de dia. Às idênticas ameaças pode estar sujeito um país subdesenvolvido que tenha, por exemplo, urânio no umbigo...

considerações
em torno do umbigo

O umbigo não é um órgão do corpo humano, não é um membro, não serve para nada. É uma cicatriz, a marca de uma amputação. Mas o que se amputou não foi um pé, um dedo: foi uma mãe.

O umbigo é a lembrança de uma dependência, que acabou. Ou não? Fisicamente, pelo menos, acabou. Não obstante, nos lembra que nascemos, que nascemos de uma outra pessoa, que não somos produtos de uma partogênese: nossa origem é terrestre, animal: por um tubo um umbilical nos injetaram a vida.

O umbigo é assim a coisa mais antiga que há em nós: o nosso começo: foi exatamente nesse ponto do corpo que começamos a existir, essa foi a primeira parte de nós — que ainda era o outro — que nasceu.

Se não tivéssemos umbigo seríamos perfeitos, bem-acabados, sem fissura. O umbigo é a fissura, denuncia a nossa imperfeição, a impossibilidade natural de que o ser humano possa surgir do nada ou do ar ou de si mesmo. Ele nos dá uma lição de humildade.

Os anjos — suponho — não têm umbigo. Mas, em compensação, não existem.

considerações em torno da casa

Se a roupa é a nossa segunda pele, a casa é a terceira. Nesta época de contestações generalizadas, há quem se disponha a libertar-se da segunda pele e sair pelo mundo nu em pelo. Também a casa, cada vez mais distanciada da natureza, provoca o descontentamento dos jovens: querem morar no campo, no mato, nas grutas, ao ar livre, viver ao deus-dará.

Mas a casa não é apenas um camisolão dentro do qual podemos dormir, comer, conversar, cozinhar. A casa é a família, a dependência — o outro umbigo que é preciso cortar.

A verdade, porém, é que se sai de uma casa para entrar em outra. Em geral, quem sai de casa... casa.

O problema é sempre encontrar casa, pagar o aluguel da casa, pois, embora nunca tenha havido tanta casa no mundo, também nunca houve tanta gente sem casa própria.

um
rubi
no
umbigo[*]

por
hélio pellegrino

Se não me engano, é de Edmund Wilson a melhor definição que conheço sobre a diferença entre a atividade do crítico e a do artista criador. O crítico, naquilo que escreve, sabe mais do que diz, ao passo que o artista criador, em sua obra, diz mais do que sabe. Este curioso fenômeno, descrito com tão concisa – e precisa – elegância pelo grande ensaísta americano, decorre do fato de que o crítico se move, predominantemente, na área consciente e reflexiva do seu psiquismo, enquanto que o artista criador, em seu mergulho poético, ordenha leite da escuridão, isto é, toma contato pleno com o registro inconsciente de sua atividade mental, cujas fantasias e desejos nem sempre são redutíveis ao tipo lógico-discursivo de conhecimento que caracteriza o funcionamento da consciência. O crítico é sempre capaz de explicar o seu

---

[*] Texto originalmente publicado na revista *Encontros com a Civilização Brasileira* n. 9, março de 1979, pp. 193–204.

texto, segundo os critérios claros e distintos que definem a dimensão cartesiana da mente. A malha de referências que usa é denotativa, visando à precisão, à discriminação, ao desbastamento de ambiguidades e polissemias. Já o artista criador é *explicado* pela obra que faz, muito mais do que é capaz de explicá-la. A linguagem criadora é carregada de noite, de refrações simbólicas, de confusos rumores, cuja crepitação jamais se deixa capturar pela fome de univocidade que define o pensamento consciente.

Em resumo: a obra criadora, ou poética, no sentido amplo do termo, arrasta consigo uma espessura metafórico-metonímica que a torna passível de várias leituras, ou interpretações. O texto artístico é, por definição, condensado, arqueológico, composto de sucessivas e às vezes contraditórias camadas semânticas. Esta é a razão pela qual um esforço hermenêutico, aplicado a uma obra de arte, pode chegar a vários e diferentes resultados, complementares ou não, na medida em que o instrumento analítico vá dissolvendo e resolvendo criticamente, as condensações e as multi-implicações próprias ao texto poético.

Tais considerações ganham ilustração excelente se as aplicarmos à peça *Um rubi no umbigo*, de Ferreira Gullar, recentemente editada pela Civilização Brasileira. A peça tem um extraordinário vigor de concepção ao lado de impecável eficácia literária. A linguagem, perfeitamente coloquial, em nenhum momento se descola – ou se aliena – dos personagens que a falam. O autor dá, verdadeiramente, a palavra às criaturas que inventa, de tal maneira que elas passam a existir sem qualquer resíduo desnecessário. Os personagens falam como devem falar e, além disto, falam aquilo que devem falar. Nesta medida, são convincentes e existentes, encarnados e encorpados, ágeis e brasileiros, tijucanos de baixa classe média perseguidos por dívidas, dúvidas, agiotagens, ambições, sonhos delinquenciais e trambiques de vária espécie, tudo isso tramado sob forma de uma farsa trágica cheia de verve inventiva, de humor que não descai, de tensão dramática que em nenhum momento arrefece.

A estrutura do argumento da peça constitui, ao lado da linguagem, o ponto alto de sua originalidade, e nos permite talvez situá-la na linha do realismo fantástico, que tem dado no continente latino-americano os melhores frutos criativos. Ferreira Gullar trabalha e levanta os personagens em termos magistralmente realistas, através do cenário, da linguagem e das situações dramáticas por mediação das quais interagem. Everaldo, Doca, Vítor, Neco, Diogo (dono do açougue), Pacheco (médico), dona Elvira (proprietária), repórteres, policiais, enfim toda a fauna da peça é constituída de seres de carne e osso, perfeitamente inseridos numa classe social e num determinado momento histórico, com os problemas e interesses concretos daí decorrentes. Acontece, entretanto, que ao centro desse desenho realista ou melhor, no umbigo mesmo da peça, Ferreira Gullar insere uma metáfora desconcertante: Vítor, rapaz de vinte anos, bastante *desbundado* e cheio de sonhos consumistas, filho de Everaldo e de Doca, carrega no umbigo, encravado na carne, um rubi *sang de pigeon*, joia do mais alto preço que ali fora colocada por obra e graça da avó, quando o neto tinha poucos meses de idade, para salvá-lo de uma eventração mortal. O rubi, último rastro da fortuna de dona Marieta Mendonça de Menezes,, matriarca arruinada, mãe de Doca, teve repouso e paz na barriga de Vítor até que insuportáveis – e insuperáveis – aperturas financeiras da família transformaram a joia no alvo de uma encarniçada cobiça geral.

Everaldo, *pater-famílias*, funcionário do INPS, na ultimíssima lona, já não tem onde cair morto. Deve ao médico, ao açougueiro, ao merceeiro, ao senhorio, a Deus, a todo o mundo e, por último, deve a reposição de um desfalque feito na repartição, na bica de ser denunciado. Nosso herói vive obcecado pela ideia de operar o filho, para extrair o rubi.

Ronda-o, cerca-o, faz-lhe propostas neste sentido, mas o rapaz, que é vivo, tem plano próprio. Vítor, com horror ao trabalho, mas amor ao dinheiro, associa-se ao Neco, sobrinho de um rico agiota, cujo papel é assaltar o tio e roubar-lhe o dinheiro. O assalto se frustra, Neco foge, de arma em punho, para a casa de Vítor, quer forçar o amigo a acompanhá-lo de qualquer jeito, quando entra o Everaldo. Há, entre pai e filho uma cena tempestuosa, o arruinado funcionário, de faca em punho, se dispõe a abrir a barriga do filho, ambos se atracam e Neco consegue passar o revólver ao amigo. Vítor atira, Everaldo cai. O filho, tendo como certa a morte do pai, foge desesperado. Dias depois, ao saber que Everaldo não morrera, volta, maltrapilho, morto de fome. A situação da família é desesperadora. Everaldo, fértil em expedientes, imagina recompor o seu crédito dando como garantia o rubi no umbigo de seu filho. Diogo, o açougueiro, concorda, Pacheco, credor e médico cardiologista, vê o plano com bons olhos, Everaldo, eufórico, acredita ter descoberto a pedra filosofal: "Escuta, Vítor: não vai ser preciso tirar rubi nenhum, tá? Basta mostrá-lo como garantia. Entendeu, filho? Entenderam? Todos os problemas resolvidos."

Acontece que Elvira, a proprietária do apartamento, a quem são devidos vários meses de aluguel, é implacável. Quer a operação para logo, para já, caso contrário promove despejo. Vítor, vendo as coisas pretas, escapa. Os credores, de acordo com Everaldo, decidem caçar o fugitivo. O bando engrossa, chama-se a polícia, os mais diligentes se armam de pedras, de porretes, de facas. Doca percebe que o filho corre perigo, dá o alarme: "Eles vão matar nosso filho, Everaldo." Chega a TV Esfinge, "a que cobre o que descobre e descobre o que cobre", arma-se um tumulto dos diabos, ao fim do qual surge Vítor, carregado, semimorto, o ventre ferido pelas facadas de seus perseguidores. O rapaz não resiste aos ferimentos e morre. A cena da mãe com o filho morto é de grande beleza. Diz Doca: "Agora me façam um favor:

me deixem enterrar meu filho em paz." Elvira, a proprietária, contra-ataca: "Mas a senhora vai enterrar ele com o rubi? *(Fita Everaldo que baixa os olhos. O doutor Pacheco e Diogo também.)*" Doca, vencida: "Quando vai terminar todo este sofrimento e toda esta miséria?"

Aí está, descarnado, o argumento da peça. Em seu centro, como um olho de mandala, a gema fatal. Sua presença, embora estranha, onírica, insólita, jamais é caracterizada como tal. Ferreira Gullar, com extrema maestria, consegue iluminar toda a peça a partir de uma luz que, tornando-se fantástica na medida que atravessa em todos os momentos o sangue do rubi, nem por isso rouba às coisas, aos seres e aos personagens a sua fuliginosa e encardida banalidade cotidiana. O rubi existe na barriga de Vítor da mesma forma como existem os móveis de mau gosto do apartamento, o retrato da matriarca Marieta, o rádio de pilha transmitindo o jornal falado. Ao mesmo tempo, porém, a peça se abre com uma canção lindíssima, cantada por uma só voz acompanhada ao violão. A canção anuncia a transcendência do que vai acontecer. Ela se tece de perguntas e de angústias fundamentais, indaga sobre o amor e sobre a morte, sobre o medo e a coragem de existir, sobre a cantiga do mal e do bem-querer. "Me diga, moço, me diga,/ se acaso o senhor souber,/ que devo fazer da vida/ pra não matar nem morrer/ nesta luta fratricida/ nesta batalha perdida/ que todos têm que vencer.// Me diga que é pouco o tempo/ que eu tenho para aprender."

A peça é grave, apesar de sua irresistível garra hilariante. O rubi, vinho refulgente, lança da escuridão do ventre de Vítor os seus turvos e abafados reflexos simbólicos. Ele é, como vimos, o fulcro da peça, o aval do seu mistério, a espessura carnal de seu vigor metafórico. Afinal das contas, o que vem a ser o rubi no umbigo de Vítor? De que morte precoce conseguiu a gema salvá-lo, na remota infância? Por que é que todos lhe aceitam a existência, sem qualquer titubeio, como se a joia correspondesse a um velho sonho geral, feito de esperança e de evidente verdade?

Aqui entramos no terreno da plurissignificância do texto poético, em virtude das estreitas relações que mantém com a estrutura da linguagem do inconsciente. O rubi no umbigo, em nível mais superficial, pode muito bem exprimir uma sátira à alienação ufanista que, durante anos, alimentou de falsa prosápia sucessivas gerações de brasileiros. Somos o país mais rico do mundo, temos em nossas entranhas os minerais mais raros, nossa telúrica epiderme se cobre das mais ricas, belas e faustosas florestas do planeta. Tudo isto, dádiva de Deus, bastou-nos e fartou-nos durante décadas. Fiados no orgulho fátuo de ter tanto, nos relaxamos, amodorrados, nos deitamos em berço esplêndido olhando o azul de anil do céu, vazios de tudo o que não fosse a exaltação de nos imaginarmos um gigante de peito de ferro com um coração de ouro. Depois, veio o mau destino – a inflação, a fome, a doença, o analfabetismo, o flagelo da espoliação imperialista –, e o sonho do milagre brasileiro acabou, transformando num pesadelo sinistro.

A joia na barriga de Vítor, como o indica a orelha do livro, pode também ser "símbolo da alienação do povo brasileiro, potencialmente ainda senhor de suas derradeiras riquezas, mas impossibilitado de usufruí-las". Ou, além disto, significar a degradação do ser humano pelo regime capitalista, que o reduz à condição de simples mercadoria, coisa entre coisas a ser vendida no mercado de trabalho. Vítor, como pessoa, com seu protesto, seus sonhos e aspirações, conta muito pouco. Ele vale pelo valor venal que carrega incrustado na carne, sob forma da pedra preciosa. No regime capitalista, os músculos e os nervos do trabalhador são levados em conta não por encarnarem a dignidade da pessoa humana, mas por constituírem a fonte da mais-valia. Esta, surrupiada pelos detentores dos meios de produção, vai conferir-lhes o poder e a glória. Nesse sentido, Vítor traz na íntima fibra do seu corpo a substância mágica criadora de todo o valor, isto é, o trabalho humano. Ao negar-se a trabalhar como balconista de uma loja de ferragens, o filho de Everaldo e de Doca pode estar tentando defender-se, desesperadamente, de uma inserção social que o destrói como pessoa: "No fim do dia, sou de menos. Saio de lá com todos os dedos, todas as unhas e todos os dentes como entrei de manhã, mas sei que sou menos."

A chave profunda da peça de Ferreira Gullar pode nos ser dada, entretanto, pela aplicação ao seu texto do instrumento psicanalítico, mais do que por uma leitura sociológica ou política exclusivas. Tenho um amigo que costuma dizer, com resignado desalento: "A morte entra pelo umbigo." Na verdade, o umbigo é o testemunho cicatricial de um acontecimento cruento e terrível: o corte do cordão que liga a criança ao organismo materno, na situação intrauterina. Por esta castração primordial, modelo de todas as castrações subsequentes, o ser humano é rojado no mundo, na inermidade enorme de sua impotência. Há estudos embriológicos que demonstram que o ser humano, do ponto de vista da embriogênese, é um feto de primata e, portanto, nasce prematurado, em estado fetal. Nascemos radicalmente incompetentes, sem equipamento instintivo que nos possa suturar com firmeza ao meio ambiente. Isso significa que, como experiência fundante, o nascimento é um traumatismo catastrófico. O corte do cordão umbilical abre um rombo no ser do homem, na medida em que revela nele uma incompletude ontológica que, no plano do psiquismo, vai traduzir-se como angústia – a angústia do nascimento –, protótipo de todas as subsequentes experiências angustiosas.

A criança recém-nascida, jogada no mundo sem qualquer possibilidade de articular-se satisfatoriamente com a realidade externa, reflui para si mesma e procura, nos primeiros estágios de sua evolução psíquica, reconquistar a unidade perdida com a mãe. A criança, através de uma radical retração narcísica, possibilitada ora pela atividade imaginária do inconsciente, nega a realidade externa e, inclusive, a mãe externa, para aplicar sua libido ao próprio corpo ou às imagens que cria em sua fantasia. Tais imagens visam a restituir-lhe a completude perdida, a beatitude da dissolução no oceano materno, onde tudo – ou quase tudo – é prazer e liberdade. A criança, através de sua capacidade de *representação psíquica*, reflexo da função simbólica com a qual, posteriormente, lidará com a realidade, protege-se de sua excessiva vulnerabilidade inaugural. Podemos dizer que a criança, no princípio, *refugia-se na ficção*, na representação alucinatória dos objetos de que depende. Nessa medida, evita o insuportável contato com a realidade e, ao mesmo tempo, preserva o princípio do prazer e a ilusão de onipotência com a qual acolchoa sua inermidade primitiva.

Aqui entra, em toda a sua força metafórica, o rubi no umbigo de Vítor, centro estrutural da peça de Ferreira Gullar. A criança, para defender-se da angústia do nascimento e da separação que o nascimento inaugura, procura negá-los psiquicamente. E, para tanto, precisa imaginar um estado de articulação copulativa, pujante e permanente, capaz de devolver-lhe a completude perdida. O objeto capaz de promover esse encaixe perfeito, seja com a mãe, seja com o pai, a psicanálise o chama de falo. O falo é aquilo que o ser humano persegue com o objetivo de obturar a cárie de incompletude que o rói, no coração do seu ser. A posse, uso e gozo do falo confere a quem o detenha a condição de onipotência, de prazer incessante, de plena realização de todos os desejos. A ligação fálica entre criança e mãe, por exemplo, nega o corte separador do nascimento e, portanto, a angústia, a carência, a frustração.

Quem possui o falo tem o corpo fechado, anterior à morte, aquém – ou além – da castração. O falo transforma criança e mãe numa unidade dual, apagando as diferenças, dissolvendo os contornos da identidade própria, afogando a derrelicção do nascimento num oceano de completude e bem-aventurança cósmicas. O rubi no umbigo de Vítor é o objeto fálico que lhe fecha o corpo, e o faz completo. Através da gema sem preço, preserva ele a fantasia inconsciente de sua autarquia narcísica e mantém intacta a vigência do princípio do prazer, acima dos desgastes e desgostos inerentes ao comércio com a realidade.

Acontece, porém, que a realidade cobra seus inalienáveis direitos, com rigor implacável. Pungido pelo aguilhão da necessidade, o ser humano é obrigado a abandonar a redoma narcísica onde originalmente procura encerrar-se, através da atividade imaginária. Essa redoma, pátria original da criança, matriz de seus mais profundos anseios de felicidade e prazer, é recalcada, com o advento da realidade, para o registro psíquico inconsciente. O ser humano, para articular-se com o mundo exterior, tem que esquecer sua pátria de origem, aceitar a expulsão do paraíso, assumir seu exílio existencial e a incompletude que lhe é inerente. A essa Pasárgada, profundamente perdida, pode ele voltar apenas quando dorme. Em sonhos, reencontra o *País das Maravilhas*, seus labirintos e reentrâncias de carne, seus canais onde deslizam gôndolas feitas de gozo e mel.

A tudo isso tem que renunciar o ser humano, para adequar-se à existência do mundo externo e ao princípio da realidade que rege suas relações com ele. O predomínio da consciência, do pensamento e do registro simbólico implicam a ruptura da bolsa narcísica onde a criança, nos primórdios de seu processo evolutivo, buscou encerrar-se. O surgimento da atividade consciente, a noção do próprio *self* como entidade separada, a perda da onipotência imaginária e o reconhecimento da existência do Outro, o sentimento da própria finitude e a aceitação dos limites que nos circunscrevem, tudo isto representa um formidável processo psicológico, cheio de som e fúria, a partir de cujas vicissitudes o ser humano se hominiza e adquire a possibilidade de integrar-se na comunidade dos seus semelhantes.

Para que possa adequar-se às exigências da cultura, a criança tem que perder o falo do qual imaginariamente se crê dotada, isto é: tem que ser cruelmente contrariada no seu desejo primordial, que é desejo de mãe, de fusão com a mãe, de ser o falo da mãe – a completude dela –, numa relação em que dissolutamente se dissolva na totalidade materna. Tornar-se humano é submeter-se a sucessivas e dolorosas exigências culturais, frustrações castradoras de cujas cicatrizes emerge, aos poucos, a possibilidade de conhecer – e reconhecer – o rosto do Próximo. O corte do cordão umbilical – adeus rubi no umbigo! – representa o protótipo de toda a castração e a fonte primordial da angústia. Depois, a castração passa a ser vivida em diferentes níveis: o oral, através do desmame e da perda do seio; o anal, através da educação esfincteriana e da rejeição das fezes como objeto libidinoso; e, finalmente, o fálico, pelo qual se instaura a lei fundamental em que se embasa a cultura: a interdição do incesto.

A situação edípica, com sua estrutura triangular e seus conflitos de amor e ódio, constitui a crise mais alta e dramática que um ser humano enfrenta, na sua marcha para a hominização. A resolução do Édipo representa a supremacia da Lei, da Ordem Simbólica, da palavra interditora do Pai sobre a onipotência do desejo infantil. A proibição do incesto é a culminação do longo processo de separações sucessivas, pelas quais a criança vai sendo obrigada a desligar-se libidinosamente da mãe. O pai, no seu papel de representante da Lei da Cultura, proíbe em nome dela o desejo que tem a criança de vincular-se sexualmente à figura materna. A interdição do incesto representa a consumação da castração simbólica, isto é, marca a perda da mãe como objeto libidinoso e, ao mesmo tempo, assinala à criança o seu lugar, na sociedade familiar e na comunidade humana. O complexo de Édipo, em cujo centro se inscreve o medo à castração, se constrói em torno da exigência, feita pela cultura à criança, de que ela deva abandonar seu desejo de união sexual com a mãe – ou melhor, com os pais –, num vínculo exclusivo, excludente e narcísico, para abrir-se ao mundo da realidade, de acordo com a ordem simbólica que funda a cultura.

A Lei do Pai, na fantasia inconsciente infantil, é vivida inicialmente sob forma do castigo que a sua transgressão acarreta. A criança (no caso, o menino) deseja sexualmente a mãe e, nessa medida, transgride a Lei paterna e odeia o pai, incorrendo no temor imaginário à punição que este vai infligir-lhe. O castigo temido é, nada mais nada menos, que a castração, agora fantasiada em seu significado literal, isto é, como perda mutiladora do órgão genital. A castração despoja a criança da posse imaginária do falo, do atributo anatômico ou simbólico capaz de mantê-la acoplada à mãe, numa relação imaginária narcísico-dual. A ação do pai, como representante da Lei, consiste em separar a criança da mãe, através de um corte simbólico que é vivido, pela mente infantil, como perda mutiladora do falo. No caso do menino, na medida em que o pênis é vivido como falo, o medo da castração surgirá sob forma do temor de que o pai lhe possa decepar o órgão sexual. O pênis adquire para a fantasia do infante um valor fálico, isto é, por seu intermédio sonha recuperar com a mãe uma ligação ininterrupta de prazer, equivalente ao vínculo umbilical. Na situação edípica, através da proibição do incesto, há uma reedição, em nível fálico-genital, do corte do cordão umbilical. A angústia de castração, nesta medida, sem perder sua especificidade, vai ressuscitar também a angústia do nascimento.

A castração edípica é a vicissitude inconsciente fundamental em torno de cujos termos simbólicos se estrutura a peça de Ferreira Gullar. Há um momento em que se coloca, em todo o seu vigor, o problema da castração de Vítor, felizardo que aos vinte anos ainda é possuidor do falo, representado pelo rubi no umbigo. A joia, como não podia deixar de acontecer, lhe chegara ao ventre por herança matrilinear e o salvara da morte, isto é: havia-lhe conferido o sumo poder da completude, fechando seu corpo ao áspero atrito do tempo. Vítor, fiado nos atributos mágicos da joia, em nenhum momento coloca para si o tema do futuro. Nega-se a estudar e a trabalhar, refuga o esforço disciplinado e a assunção dos próprios limites, preservando dessa forma ilusão de que todas as possibilidades a ele se oferecem, em proporções ilimitadas.

É curioso notar-se que o rubi no umbigo de Vítor é, ao mesmo tempo, propriedade dele e patrimônio de toda a família, que da joia se orgulha e em seus extraordinários atributos confia. Na verdade, a preciosa gema, tamponando e anulando a cicatriz umbilical de Vítor, representa o penhor, para todo o clã familiar, de que o falo existe e de que é possível, portanto, esperar-se a solução mágica, lotérica, de toda e qualquer dificuldade. É esta, em última análise, a postura de Everaldo diante da existência. Pequeno funcionário, preterido na repartição, inábil em tricas e futricas burocráticas, fez da dívida e do trambique o bálsamo capaz de aliviar as crescentes e sucessivas contusões orçamentárias que o custo de vida lhe foi infligindo. Everaldo, do fundo do seu impasse, sonha ingenuamente com o grande golpe, um assalto a um banco que lhe pusesse nas mãos o poder fálico: "Acho que não há ninguém que nunca tenha pensado em assaltar um banco. (*Percebe o retrato de dona Marieta na parede. A Vítor*) Tua avó Marieta devia sonhar com isso. Duvidas? [...] Que maravilha, hein, garotões? (*Eufórico*) Dinheiro, miraculosa invenção do engenho humano, maravilha das maravilhas, força que move o sol e as demais estrelas... Bonito, não? Isso é Camões! Ou é Dante... Caguei!"

Everaldo aspira, portanto, à suma potência fálica, primitiva e regressiva, ligada às primeiras fantasias inconscientes. Enquanto pôde, manteve-se intocado em berço esplêndido, à espera do milagre, do grande vento que, de uma hora para outra, iria alçá-lo da planície adusta aos píncaros azulados. A realidade, no entanto, indiferente aos seus projetos narcísicos, exacerbou mais e mais, em torno dele, o cerco da necessidade. Há um momento em que o ser humano, embora relutante e recalcitrante, tem que pôr em questão a ilusória autossuficiência de suas fantasias de onipotência, curvando-se ao império do mundo exterior, sem cujos recursos é impossível sobreviver. Essa passagem do narcisismo para a alteridade, do princípio do prazer para o princípio da realidade, do idealmente concebido para o imperfeitamente realizado, constitui em termos inconscientes a experiência da castração pela perda do falo. A criança, ao ver-se despojada dele, perde o cerne de sua ilusão, mas adquire hábeis ferramentas: a Ordem do Simbólico, a linguagem, o patrimônio da cultura, os direitos estruturadores do seu desejo.

O pai, segundo a Lei da Cultura, é aquele a quem fica assinalada a tarefa de tornar-se o agente da castração. Ele, como metáfora paterna, é compelido a partejar a identidade e a autonomia do filho, cortando o vínculo exclusivo e excludente que o dissolve na mãe. O pai é o portador do Logos e de seu gume afiado. Por um lado, representa a *contrainte* da Lei, a gramática segundo a qual há de conformar-se o desejo. Por outro, é o símbolo do libertador, daquele que, dando ao filho a possibilidade de escapar à sujeição da mãe, abre-lhe a possibilidade de transformar-se num sujeito humano livre, construtor do seu destino.

Everaldo, *pater famílias*, ungido da cultura para promover a castração de Vítor, seu amado filho, vê-se em verdade metido numa camisa de onze varas. Seus sentimentos com respeito à castração padecem de uma aflitiva e conflitiva ambivalência. Por um lado, está disposto ao brado retumbante que, das margens do Ipiranga, há de proclamar e consagrar a independência do filho. Everaldo, em nome da cultura, quer libertá-lo do jugo da ilusão e, para tanto, se dispõe a arrancar-lhe, cirurgicamente, o rubi do umbigo. Mas, por outro lado, ao fazê-lo, não deseja senão apoderar-se do falo filial, tornando-se o possuidor do objeto mágico capaz de resolver todas as suas dificuldades, presentes, passadas e futuras. Everaldo é uma esplêndida encarnação do *macunaísmo*, a partir de cujo estofo se recorta o perfil de boa parte dos heróis nacionais.

A tensão criada por essa ambivalência constitui um dos nervos maiores da verve e do humor que percorrem a peça. Desesperado com a resistência de Vítor que, também macunaimaticamente, pretende pôr a seu serviço exclusivo o rubi que traz no umbigo, Everaldo vai-lhe às fuças, faca em punho, disposto a eventrá-lo. O filho, diante do sádico açodamento paterno, dá-lhe um tiro e foge. O parricídio, aqui, é um dado que não pode faltar, no contexto edípico da peça. Vítor, diante dos arreganhos castradores de Everaldo, repetindo a conduta ancestral do herói tebano, procura eliminá-lo. Depois, tangido pela culpa e pela fome, ao saber que o pai sobrevivera, volta à casa paterna e acaba pondo-se de acordo com ele. Ambos resolvem explorar, em proveito da família, o halo de prestígio fálico que rodeia o rubi, aos olhos da comunidade.

A peça, nesse ponto, revela da parte do autor uma aguda intuição dos mecanismos inconscientes que conferem força, eficácia e prestígio às grandes – e pequenas – ilusões humanas. A ilusão testemunha a crença do desejo em sua própria onipotência. Se desejo uma coisa, passo a acreditar no objeto – ou na situação – adequados à sua satisfação. A incompletude humana, e o sofrimento que nos causa, geram o desejo e a ilusão de que exista alguma coisa capaz de resolvê-los. Em nome da posse futura dessa coisa a humanidade costuma tecer a teia de suas mais inspiradas – e inspiradoras – utopias. Erguendo o estandarte da ilusão, os seres humanos se mostram eventualmente capazes dos mais nobres sentimentos e rendimentos, e dos sacrifícios mais admiráveis. É o caso, por exemplo, da ilusão religiosa, que consegue dos homens a prática da virtude, do altruísmo e da caridade em nome de uma absoluta – embora *post mortem* – plenitude que lhes será, como prêmio, conferida.

Na peça de Ferreira Gullar a ilusão, com seu típico mecanismo, aparece e atua. Everaldo convoca seus credores, açougueiro, médico, proprietária do apartamento para pedir-lhes prorrogação de crédito, já agora à base do hipotético valor do rubi e, mais do que tudo, a partir de seu poder de fascinação. O rapaz, levantando a camisa, mostra a cada um deles o umbigo. O rubi, que corresponde ao desejo inconsciente de todos, se torna a garantia de novos empréstimos e novas linhas creditícias. A ilusão começa a render dividendos, dos quais Everaldo se aproveita, euforicamente. Na mesa vazia da família, por conta da joia a ser um dia cirurgicamente resgatada, voltam a aparecer o bife, o arroz, a esperança. Everaldo julga ter descoberto o trambique infalível: "não vai ser preciso tirar rubi nenhum, tá? Basta mostrá-lo como garantia. Entendeu, filho? Entenderam? Todos os problemas resolvidos."

Acontece, porém, que as grandes ilusões coletivas, geridas com ciência e prudência, são aptas a conter o infrene ímpeto do desejo, de modo a que os resultados sejam previamente conhecidos e enquadrados, dentro de molduras institucionais. Já a ilusão particular, correndo o risco de verter-se em incompetentes canais, pode resultar em neurose, em crime passional, em delírio. É o que acabou sucedendo com o, a princípio, bem-sucedido expediente inventado por Everaldo. A situação ilusória desatada em torno do rubi no umbigo de Vítor encanzinou-se e ganhou as proporções de um incêndio incontrolável. É próprio ao desejo obedecer ao princípio do prazer e, se aquele tem raízes inconscientes, este procura impor-se sem nenhuma consideração por quaisquer obstáculos. O desejo inconsciente, regido pelo princípio do prazer, quer sua satisfação, e já, sem delonga ou procrastinação de nenhuma espécie.

Foi o que aconteceu à massa de credores de Everaldo. Excitados pela implacável cobiça de dona Elvira, virago proprietária do apartamento, resolveram que a operação de Vítor deveria dar-se sem demora. Queriam o rubi na mão, e não o rubi voando, no umbigo do rapaz. Este, ao perceber as intenções castradoras dos credores, escafedeu-se. Repete-se, de novo, a posição de ambivalência com respeito à castração, anteriormente assumida por Everaldo. Os credores, por um lado, queriam cobrar de Vítor o preço de sua entrada na sociedade, através da perda do falo imaginário. Mas, ao mesmo tempo, com crescente e vertiginosa voracidade, queriam roubá-lo, possuí-lo, realizando assim o desejo que ardia no coração de cada um. A caça ao rubi – isto é, ao falo – acabou por tornar-se uma caçada humana, na qual uma multidão enfurecida, armada de porretes, pedras e facas, precipitando--se atrás de Vítor, cega de cobiçosa ira, terminou por imolá-lo – para que a ilusão pudesse viver. Morto, em casa, em pleno velório, prossegue a caçada: "Mas a senhora vai enterrar ele com o rubi?" – pergunta dona Elvira à mãe do crucificado. E esta, vencida, responde: "Quando vai terminar todo este sofrimento e toda esta miséria?"

A história, obviamente, tem sua moral. Que o ser humano seja incompleto, prematurado, estruturalmente voltado ao exílio, à nostalgia do paraíso, até aí tudo bem. O importante é que esta vulnerabilidade originária não seja transformada em pasto de hienas e de abutres que, ao invés de aplacá-la, fazem dela a imensa oficina de cujas engrenagens jorram o medo, o desespero, a insegurança crispada, a loucura e o crime. É preciso aceitar, sem desfalecimento, que a obra da civilização, fruto do trabalho sobre o mundo, deve ser tarefa de todos, executada por todos e – por todos – igualmente usufruída. Somos inacabados, em construção e, nessa medida, só seremos fortes e maduros quando tivermos superado a insensata ambição de nos bastarmos narcisicamente, no isolamento de um poder que nos condena a fazer do Próximo o instrumento de nosso egoísmo. O sistema capitalista semeia a discórdia entre os seres humanos, transformando o homem no lobo do homem. As criaturas perdem, desta forma, a via da fraternidade e da justiça, sem a qual se precipitam numa luta ilusória – e sem esperança. A graça fulgurante da plenitude só se dá na experiência do amor, no encontro com o Outro. Só através da assunção radical de sua carência chega o ser humano a poder completar-se, através do Próximo. A dignidade da vida social só pode existir onde exista o trabalho de homens iguais, que não sejam exploradores nem explorados, mas companheiros de travessia, na construção de uma obra comum. Fora daí, o desejo do falo narcísico, rechaçando o rosto do Próximo, leva à violência, à ruína e à morte.

O HOMEM DO UMBIGO FAMOSO

Pedro Domingues não pode nem pensar em casar, pois sua noiva tem medo de ficar viúva

Homem do rubi caiu no Impôsto de Renda após fugir de roubos

São Paulo (Sucursal) — O veterinário Pedro Domingues, o homem de Jundiaí já asaltado 11 vêzes por causa do rubi que tem no umbigo, vai impetrar mandado de segurança contra a Delegacia Regional do Impôsto de Renda, por não lhe poder pagar a taxa de Cr$ 1 milhão e 200 mil "pelo tesouro que carrega na barriga".

A história de Pedro Domingues, contada hoje até pela literatura de cordel, chegou também, através da revista Life, à Academia Francesa de Medicina, de onde recebeu o convite para ir a Paris ser examinado e, se possível, operado. Mas para viajar êle precisa de uma certidão negativa do Impôsto de Renda.

O PREÇO DA FAMA

O veterinário diz que a imprensa, contando por tôda parte a história do seu rubi, tem lhe causado "sérias dores de cabeça" e colocado a sua vida em perigo constante:

— Eu sei que estou cavando o meu túmulo dando ouvidos aos jornalistas, pois desde que meu caso se tornou conhecido já sofri 11 atentados, e agora veio mais essa complicação com o Impôsto de Renda, justamente no momento em que pretendo me livrar do rubi para sempre.

Quando Pedro Domingues doou, no ano passado, o rubi à sua irmã Teresinha, de 15 anos, a Delegacia Regional do Impôsto de Renda tratou de comprovar a existência da pedra, tendo fixado, então, a taxa de Cr$ 1 milhão e 200 mil sôbre ela. O caso foi, pouco depois, focalizado num programa de televisão, sendo necessária a mobilização de uma escolta para evitar que o veterinário voltasse a ser assaltado.

SOSSÊGO PERDIDO

— Não tive mais um só instante de sossêgo — contra Pedro Domingues, que está também impedido de se casar, pois a sua noiva tem medo de ficar viúva.

Mas não é de hoje que o rubi dá trabalho a Pedro Domingues. Tudo começou na sua infância, no Rio Grande do Norte, onde êle nasceu:

— Para corrigir um defeito no umbigo, causado pela parteira ao cortar o cordão, sofri uma operação aos oito mêses de idade. O médico José Medeiros da Rocha ia colocar-me uma peça de platina no umbigo, mas a minha bisavó, a imigrante italiana Maria Ricarti, pediu para fazer o serviço com um rubi holandês de cinco quilates.

A família mudou-se do Rio Grande do Norte para São Paulo, onde logo se espalhou o caso. Atualmente, com 28 anos de idade, Pedro Domingues tem várias cicatrizes no corpo, causadas pelos atentados. O caso mais sério, e muito divulgado na época pelos jornais, aconteceu a 10 de dezembro de 1963, na sede da Federação das Indústrias de São Paulo: os ladrões lhe deram um tiro e roubaram o seu anel de formatura além de Cr$ 500 mil economizados pelo veterinário para a compra de um automóvel.

A viagem a Paris passou a ser a sua grande esperança. Mesmo sabendo, por um médico do Rio, que pode morrer se tentar a operação — pois o rubi está prêso por ganchos perigosamente encravados — êle resolveu aceitar o convite dos franceses. Já planejara a viagem para janeiro quando soube, na semana passada, que a Delegacia Regional do Impôsto de Renda só lhe daria a certidão negativa, exigida para o passaporte, se pagasse a taxa de Cr$ 1 milhão e 200 mil. Os amigos sugeriram que êle arranjasse um empréstimo para pagar depois de extraída a pedra, mas o veterinário alega que o rubi foi dado à irmã como "jóia da família", não havendo outra solução senão impetrar mandado de segurança.

Jornal do Brasil, 4 de dezembro de 1966, p. 10.

a história que inspirou ferreira gullar

A reportagem do *Jornal do Brasil* conta um pouco da história de "Pedrinho Veterinário", o homem com o rubi no umbigo, assíduo às páginas de jornais e revistas do país por quase uma década. Em 2011, Ferreira Gullar contou ao jornalista Marco Aurélio Canônico que teve a inspiração para a peça ao ver uma notícia sobre o caso: "Eu achei isso tão engraçado e louco, que me veio a ideia, independentemente de ser verdade ou não."

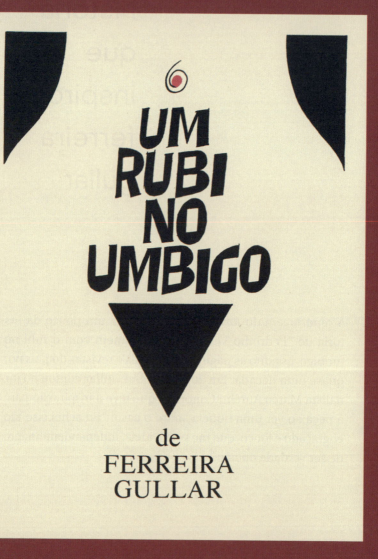

Reprodução da capa, assinada por Ziraldo, do programa da primeira montagem de *Um rubi no umbigo*, de 1979.

a
montagem
de
1979

A primeira montagem de *Um rubi no umbigo*, dirigida por Bibi Ferreira, ficou em cartaz durante o ano de 1979 no Teatro Casa Grande, no Rio de Janeiro.

A peça seria encenada em 1978, porém a produção precisou superar problemas com a definição do elenco e a demora na liberação do texto por parte dos departamentos de censura do regime ditatorial. Além disso, Ferreira Gullar foi contrário ao horário de 18h30, disponibilizado pelo Teatro João Caetano, no Rio de Janeiro, onde a peça entraria em cartaz. Apenas em 1979 todas essas questões foram resolvidas e em março a peça finalmente estreou.

Rogério Fróes, que viveu o personagem Everaldo na montagem, foi agraciado com o Prêmio Mambembe de melhor ator. O cenógrafo Gianni Ratto ficou entre os semifinalistas do mesmo prêmio.

Elenco

ROGÉRIO FRÓES Everaldo, pai de Vítor
ANA LUCIA TORRE Doca, mãe de Vítor
OSMAR PRADO Vítor
SERGIO FONTA Neco, amigo de Vítor
ALMEIDINHA Diogo, dono do açougue
MARCUS TOLEDO Pacheco, médico
SELMA LOPES Elvira, proprietária
LUIZ MAGNELLI Repórter de TV
FERNANDO WELLINGTON Cameraman
CESAR MONTENEGRO Policial

Ficha técnica

CENÁRIO Gianni Ratto
DIREÇÃO Bibi Ferreira
ASSISTENTE DE DIREÇÃO Andrea Daher
CENOTÉCNICO Delfim Pinheiro
PINTURA Dorloff e Ortego
CONTRARREGRA Jota Gê
CAMAREIRA Graça
ILUMINAÇÃO Messias
FACHADA Jorge Nogueira
PRODUÇÃO EXECUTIVA Walter Marins
DIVULGAÇÃO Teresa Aragão
FOTOS Alaor Barreto
CAPA DO PROGRAMA Ziraldo

Foto de Bibi Ferreira, por Alaor Barreto, no programa da peça de 1979.

a
montagem
de
2011

Dirigida por André Paes Leme, a segunda montagem de *Um rubi no umbigo* estreou na Caixa Cultural, no Rio de Janeiro, em 2011, ano em que Ferreira Gullar comemorou oitenta anos de vida.

Elenco

STELA FREITAS Doca, mãe de Vítor
CLÁUDIO MENDES Everaldo, pai de Vítor
FÁBIO ENRIQUEZ Vítor
ÍCARO SILVA Neco, amigo de Vítor
BRUNO QUARESMA Diogo (dono do açougue) e policial
FELIPE KOURY Chefe, Pacheco (médico) e repórter
LENITA LOPES Elvira, proprietária

Ficha técnica

DIREÇÃO André Paes Leme
DIRETOR ASSISTENTE Anderson Aragón
CENÓGRAFO Carlos Alberto Nunes
ASSISTENTE DE CENOGRAFIA Gabi Windmüller
FIGURINO Ney Madeira, Dani Vidal e Pati Faedo (Espetacular
Produções & Artes)
ASSISTENTE DE FIGURINO Renata Lamenza
ILUMINAÇÃO Renato Machado
TRILHA SONORA ORIGINAL Alexandre Elias
IDEALIZAÇÃO E DIREÇÃO DE PRODUÇÃO Andréa Alves
DIREÇÃO DE PRODUÇÃO Claudia Marques
PRODUÇÃO EXECUTIVA Leila Moreno
REALIZAÇÃO Sarau Cultura Brasileira e Ágapa Criação e
Produção Cultural